U0152394

王迪詩 著

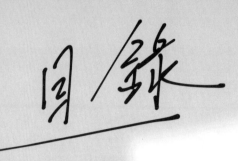

目錄

第1章 — 就算世界讓你失望
其實也沒什麼大不了

第2章 — 今天的境況屬於今天
誰能肯定明天世界不會改變

第3章 — 冷靜應對 戒掉情緒

第4章 — 難過得想死 就拿出你的幽默感

第5章 — 當善良會被懲罰 地球就只剩人渣

第6章 — 吃好每一頓飯
腳踏實地去做我該做的事

第7章 — 沒關係,還有下次……你肯定?

第12章 — 日子難過
quality of life 卻在於我

第13章 — 凡事走過總留痕 刻在眼球琢於心

無論如何　生存下去

就算世界讓你失望
其實也沒什麼大不了

第一章

做童話公主
還不如做貼地港女

香港電台邀我到《騷動音樂》做節目嘉賓，請我挑選五首歌，我特別選了五首廣東歌，在這裏談談其中兩首。

「Daisy，為什麼你特地要求順次序，先播Sammi的《唯獨你是不可取替》，接著是衛蘭的《就算世界無童話》？」主持人一開始就很好奇。

我笑笑，呷一口茶，是這樣的：「再聰明的女人，也會曾經相信唯獨我是不可取替。已婚男人哄騙年輕女子上床一定情深款款地說：『你好特別呀！』（女主持人陰陰嘴笑了起來）。女生就像被雷電擊中，嘩！人海茫茫，終於遇上一個視我為獨一無二的男人了！就如歌詞：『其實我知道是可一不可再，下半生准我留住你一直相愛。』

女人誤會了，以為在他眼中真的『唯獨我是不可取替』。後來發現隨便都可以找個人代替我，女人就崩潰了——原來我一點也不特別。

我寫過一本書叫《長大了才明白的二三事》，其中提到一點：曾經碰過釘、信錯人，成長就會讓你明白，其實

我不需要別人來肯定我是獨一無二的。我在世上的價值，就由我自己來決定。我選這首歌是希望大家可以從一個新的角度去看自己──

『唯獨我是不可取替』根本不需要由別人口中說出來，我心裏就是知道自己獨一無二。

所以，《唯獨你是不可取替》只是一個童話，但請記住《就算世界無童話》，你依然可以過得很好，這就是我安排這個歌曲次序的原因。林夕寫的歌詞：『就算世界無童話，放下包袱完成它』，『願這世界如童話，抱著想像實現它』。

當初你以為遇上他是『可一不可再』，後來卻遇上比他好一千倍一萬倍的人。成長需要交一點學費，要放下包袱，要有想像力，記住自己有無限可能性，勇往直前，這些學費才沒有白交啊。」

Insight

- 失戀那一刻、失業那一刻，總覺得世界末日，這輩子都不可能有什麼美好的事發生在我身上了。有這種想法，是因為不相信時間。今天不如意，但你又怎麼知道一星期後、一個月後會發生什麼事？一日未死，一日都有如果。給自己一個療傷的 quota，任何挫折也好，定個時限，三個月、半年、一年，按自己的需要。傷心難過哭個夠，時限一到就重整旗鼓向前走。

第二個生日

「人的一生當中有兩個生日，一個是自己誕生的日子，另一個是真正了解自己的日子。」松浦彌太郎這樣說。

我第一次聽到這句話的時候並沒有放在心上，後來有天恍然大悟，很多人經常埋怨別人不了解我，但試問我又了解自己幾多？順境時往往自以為很了解自己，挫敗來臨才第一次照鏡，赤裸裸地照出了我這個人的全部——原來我有這些缺點，但原來我也挺能吃苦；原來我真正需要的是這些、不需要那些。

當然，並不是每個人一生中都必然會經歷兩個生日。有些人到離開這個世界那天仍未開始認識自己，因而一輩子都未能感受第二個生日那重生的幸福。遺憾嗎？Well，每個人對生命深度的要求都不同，你不能要求一隻豬去思考。

有時回想自己以前失戀那副死人塌樓的樣子，不禁笑了出來。今天回望只是笑料一則，當時卻世界末日似的，覺得自己永無翻身之日。老老實實，如果不曾失戀或遭遇工作上的挫敗，可能我就不會用腦，不會反省，不會思考怎樣令自己進步，還以為自己已經好勁，好醒，好perfect！

每個人了解自己的方式都不一樣，我最常用的方法是
寫作，比如我寫《鬼故》這本書是因為我曾遭遇失戀和
工作挫折，我一直在想人為什麼而活，用廣東話說出來
會更有feel──做人到底為乜？如果死後click一聲就
煙消雲散，我們此刻為何要如此努力地生活？如果沒有
因果，我們為何不乾脆做人渣？假如可以窺見人死後會
有什麼遭遇，或許可以更加明白現在每天努力打拼到底
是為了什麼。一次又一次，我是在工作、戀愛、吃飯、
搭車和日常生活的細微處，逐點逐點得到啟示。

每寫一本書，我就有機會以一個新的角度去認識自己。
感激你，親愛的讀者，給我一次又一次面對自己的
機會。

你用什麼方法去了解自己？你的第二個生日來臨了
嗎？這可是比第一個生日更值得慶祝的日子啊。

看見真命天子

一位男讀者來信說，他看我的文章已經五年了，而他是失明人士。

這位讀者在24歲那年失去視力，起初萬念俱灰，後來漸漸適應，非但重新站起來，還利用發聲軟件博覽群書。這段期間，他遇到兩位有感覺的女孩，卻沒有下文，他認為原因就是眼疾。

痛苦是不能「轉移」的，所謂「有苦自己知」，我不能說「我明白你很難受啊」，我只想聊聊《蠟筆小新》。有天小新邀請幼稚園同學到家裏玩，當聰明自信、在師長眼中是模範生的風間同學在玄關脫掉鞋子，晴天霹靂——襪子竟然穿了個洞！太失禮了，要是被同學們發現必定形象盡毀，於是他千方百計去掩飾穿了洞的襪子，死命站在原地不動，或偷偷將襪子前後倒轉來穿，同學仔覺得那樣穿襪子很古怪，風間卻說「倒轉來穿是新款」。

愈想掩飾襪子上的小洞，他的行為就愈荒誕，愈惹人注意，後來終於遮蓋不住了，豈料其他人看見他的破襪子後繼續輕鬆聊天，根本沒有人對他的襪子感興趣。

當然，襪子穿了個洞又怎能跟失去視力的嚴重程度相比？但對於五歲的幼稚園生風間來說，在同學面前穿著破襪子卻是一件大事，一件傷害他自尊心的事，就像我們現在回望，都覺得童年時默書測驗的分數只是芝麻小事，但當自己是小學生時，每次測驗成績不好都好像天塌下來。

有些事情自己很介意，但原來別人根本毫不在乎。我所說的「別人」並非指所有人，因為我們根本不需要跟所有人成為朋友。假如那位女生介意對方有視障問題，那意味著她並不是對的人，沒能跟她成為愛侶也不是什麼損失吧，更何況那位女生其實未必是這樣想的。老實說，身體健全的男女找不到另一半，地球上到處都在發生吧。重要的是自己怎樣看自己，用心眼來看準確得多呢。

Insight

- 尋找「對的人」就像品評紅酒做 blind tasting，不問產地，不問來歷，味道好的就是好酒。

今天的境況屬於今天
誰能肯定明天
世界不會改變

第二章

12歲入牛津的神童
為何竟當上妓女？

美國學者曾進行一項有名的「特曼神童」研究，對象是1500 名智商在 140 以上的小學生，其中 80 人的智商超過170。

根據 BBC 的報道，這項研究發現當中確實有長大後名利雙收的神童，最著名的是經典喜劇 *I Love Lucy* 作者Jess Oppenheimer，但也有很多人選擇了較為「平凡」的工作，例如打字員。結論是：「智力和成就之間並沒有完美的相關關係。此外，高智商也沒能讓他們過得比常人更幸福。在他們一生之中，離婚、酗酒和自殺水平與國家平均水平大致相當。」

數學神童 Sufiah Yusof 於 12 歲考入牛津，卻中途退學，後來當上妓女，邊做愛邊背誦數學公式來取悅客人。她在牛津時曾突然出走失蹤，警察大規模搜索，她發了一封電郵給父親表示已受夠他的虐待。在父親嚴苛的管教下，Sufiah 的兄弟姊妹全部都是神童。她在 19 歲嫁給一位實習律師，兩年後離婚，23 歲當上妓女，始終沒有完成牛津的學位。2015 年 *New Straits Times* 訪問了Sufiah，記者問什麼是令她最引以為傲的成就，她回答：

「I have no money. I am room hunting, searching for a temporary job, unemployed and have no degree. I am content as a person, peaceful, so that's my achievement.」坦率得教人心疼。整篇訪問讓人感覺她只想過平靜的生活,與家人已沒有聯絡了。「神童」稱號並沒有令她自豪,可她也沒有否定那段過去,而是學會了淡然接受自己,然後慢慢向前走,謙卑地、真誠地看待自己,這是比牛津畢業更可貴的成就,我相信Sufiah會生活得幸福。

明明擁有人所稱羨的天賦,為何卻成了悲劇?父母無可否認有巨大影響,而知道自己是天才也可以是個包袱。報道中這一段真教人唏噓:「研究者請那些仍在世的特曼神童回顧他們過去八十年人生中的大事,他們不僅沒有從自己的成功中感到滿足,反而覺得自己似乎沒能實現年少時曾經被賦予的期望,並深受這種失敗感折磨。」

IQ高本來是優勢,但有些人IQ高而又時時刻刻記住「嘩我IQ勁高我IQ勁高」卻會拖垮自己。不客氣地講句,

就是以為自己好醒，不懂謙卑，自己永遠是對的，別人永遠是錯的，蠢人就是不會明白我，老是記住自己 IQ 高會逐漸形成狹窄的視野，很容易陷入偏見的盲點。所以，你會看見一些高學歷的人相信假新聞。

不客氣地講多句，天才都有級數之分，貝多芬或愛因斯坦那種千年一遇的奇才，幾寸都得。但如果只是稍為有點聰明，最好謙虛一點，有廣闊的胸襟才會進步，不然在外面有了比較就很容易人受打擊了。真正的天才並不覺得自己是天才，只當自己是普通人，我們看得目瞪口呆他們卻順手拈來。

- 一個人能否成功和得到幸福，在於性格而不是智商。

將來的事
在我想像之外
再之外

近年才認識我的讀者也許不知道，我寫作的頭四年是隱姓埋名的，沒有人見過「王迪詩」，就連編輯也未曾聽過我的聲音，收發稿件一直只用電郵。坊間有人謠傳王迪詩是男人扮的，或幾個阿伯集體扮女人。

那時我有一份全職工作，是個平凡的上班族，專欄是在工餘時間寫的。當時我寫一個28歲女律師的中環奇遇，那些文章都收錄在《王迪詩@蘭開夏道》，裏面有扮豬食老虎、放蕉皮、擦鞋搏上位等職場故事，還是不要讓老闆知道我在報紙寫這些比較好吧，這就是我選擇不公開身份的原因，沒想到竟弄出許多笑話。

有次我的女上司跟我說：「喂喂，你有沒有讀過王迪詩？」我額角滴汗，拼命搖頭。「她跟你很像啊！又係讀DGS，又係咁寸，連喜好都很相似……」

第二天，她送了一本《蘭開夏道》給我，我拿著自己寫的書向她道謝。

後來我公開了身份，也辭掉了本來的工作投身全職寫作。在餐廳偶然碰見那位女上司，她說：「我老公笑我大概是第一個給作者送書的人！」其實我很欣賞她，在職場打拼多年仍不失純真是很難得的，反而我這人「精甩邊」，跟我夾得來的朋友都有種 weird sense of humour。

有些人適合做同事，有些人適合講心事。
有些人可以跟你做好兄弟，
一起工作卻激到吐血。
與人相處，隨心就好，毋須強求。

此外不知多少次，在不同場合寒暄都有人自稱「我同王迪詩好熟」，「我剛剛同王迪詩吃完午飯」，「我知道王迪詩其實是男人扮，因為他就是我的男朋友」。創作力量同幻想，會嚇你一跳，而我只輕輕笑笑。

今天寫這件舊事，是想告訴你一個我在許多年後才真正明白的道理——將來的事在我想像之外再之外。不要站在今天去審判你的一生。當我仍是個在職場打拼的小職員，對自己的人生感到一片迷茫，絕對不會料到十年後的我竟然寫了三十多本書，開了四十場 talk show，兩場演唱會，擁有一群由小學生到祖父母的讀者。當然，這過程中有許多挫折，但我很慶幸自己當日選擇了這條路。

人生在計畫之外才開始展開。

· 今天的境況只屬於今天。不要站在今天去給明天判死刑，很多人都因為「反正明天一定會輸」就放棄做好自己。如果因為這樣而輸了，別怪責別人，撫心問自己。

我交不到女朋友

朋友的弟弟抑鬱，拒絕見心理治療師。身為哥哥，看著弟弟一天天消沉下去非常擔憂，想起弟弟很喜歡看我的書，就問我能不能跟弟弟見面談談。

「我溝唔到女。」這小子倒也開門見山。

但確實很難相信眼前這男孩交不到女朋友──27歲，彬彬有禮，五官端正還挺高大，不吸毒不賭錢，雖然尚未置業，但父母隨時樂意為兒子付首期，他在公營機構上班也有穩定而不錯的收入。以目前港女dry爆的絕地困境，看見他理應飛撲過來用鉸剪腳鉗住他的脖子吧。我見過醜他一百倍、窮、學歷低而且人品卑劣的男人也有女子為他死心塌地⋯⋯Okay okay，我知這樣說下去又會變成談論另一宗騙案，就讓我回來集中分析為何條件這麼好的男生竟然沒有人愛。

也許你會問，是不是宅男？長年打機不懂說話？剛好相反，他話非常多，從坐下來那一刻起基本上沒有停過口，但不知怎的，我卻發現很難專心聽他說話，15分鐘後我忍不住看手機，半小時後我眼得要死，而這傢伙⋯⋯翻來覆去，他到底在說什麼？我居然一個字都記不起來。

為了令自己不要睡著，我唯有反客為主向他發問。「交不到女朋友也不等於會抑鬱呀，你有其他朋友嗎？」

他沮喪地說：「我沒有朋友……會邀我出去活動的人很多，而我也很努力說很多話來entertain他們，希望大家喜歡我，可是不一會他們就會覺得我——」

「悶。」我接下去。

他苦笑：「連你也有這樣的感覺啊。」

我心想「你簡直悶到嘔」，可是我Daisy是個淑女當然就忍住不說了。「讓我猜猜看，你第一次約會女生，她們一定來，但之後再約就不成功了。」

他尷尬地點點頭。「偶爾有女生會願意出來第二次約會，但誰都能看出她並不雀躍，到最後幾乎是悶到睡著了，之後再發訊息給她希望約第三次，就吃閉門羹了。」我想如果他不要求有心靈交流的伴侶，只求人有我有，以他的條件還是可以找到女朋友的。幸好他也是個有原則的人，明白假如女孩純粹貪圖他的父母願意付錢買樓，將來婚後也不會幸福。

我竭力去思考這傢伙令人悶到嘔的原因。不是開玩笑，

我是真的必須「竭力」去想，因為我得出盡力集中精神去回憶他剛才「發出聲音」的那堆內容。

他是個模糊的人，讓人難以記住。

「那我就坦白說了，受得住嗎？」

他凝重地點頭，將衣領拉緊，一副準備坐過山車的樣子。既然對方這麼認真，如果對他打擊不夠大，豈不是令他好失望？嘻嘻講笑講笑，我只會有碗話碗，有碟話碟。

「你說話很膚淺，所以悶。」我喝一口咖啡，悠然放下杯。「你說了很多，但這堆說話當中並沒有『你』在裏面。講來講去只是在表面那薄薄的一層繞圈子，小心翼翼不談自己，彷彿那會觸碰到你痛的地方，那可能是源於你以往的經歷，令你想保護或隱藏自己，潛意識的保護機制提醒你將自己變隱形。

可能有人覺得一些港女只關心
買名牌和釣金龜，說話更膚淺，
聽眾難道又不悶嗎？至少我能從她們
『膚淺』的談話中看見她們貪慕虛榮的個性。
你可以不喜歡這些港女，
但你不能否認她們有自己的看法，
也不害怕隱藏這些看法。

先生你呢？不是要你將私事都抖出來才算是『談自己』，
但你的談話裏沒有『你』，聽不出『你』這個人的態度、
觀點和個性。你很賣力地說話希望impress對方，可是
你所說的大多是客觀地描述一些事情，或複述
其他人曾說過的。換句話說，you are absent in the
conversation，你本尊都沒出席，當然不能期望別人會
記得你。回家好好想想，你到底在隱藏自己的什麼，
是什麼令你痛，痛到你寧願自己隱形。可以的話，解開
那心結，做回自己吧。」

- 我相信很多心結都跟童年經歷有關,更確切一點是跟「你如何看你的童年經歷」有關。比如說,有個女生的母親在她八歲時在家中自殺,她伴屍數天才被發現。有些人經歷過父或母自殺,尤其是親眼目睹,會深受影響以致自己最終也步上父母自毀的後塵。這個女生卻正正因為目睹母親自殺而更加珍惜生命,辭去收入穩定的工作去追逐夢想,決心此生都要做自己真心喜歡的事。所以,即使是同樣悲慘的童年經歷,有人會受困一生,也有人因此變得更堅強。重要的不是這件事本身,而是你用什麼態度去看這件事。

如何忘記一個人？

失戀跟減肥一樣。想瘦，就不要經常在手邊放滿零食；想忘記一個人，就不要老是將跟他有關的東西放在身邊。

朋友Flora分手後整整一年仍忘不了前度。無心工作，經常失眠，偶然看見一些勾起回憶的情景就會哭到崩潰。她工作屢次出錯，已收兩封warning letter，再收一封就完蛋了，卻就是怎麼也振作不起來。

「過去這365天，我每一秒都在想著他。」

別再翻看舊訊息好嗎？我說。我知按下delete那一刻，心就像被捅了一刀，但只要捱過這一下，以後的路就會順暢得多了。好比減肥，要是手邊經常放滿零食，要忍住不吃實在太痛苦了。與其抑壓，倒不如消滅誘惑，反正從來被稱為「誘惑」的都不是什麼好東西。

這女子簡直慘不忍睹，我就問：「你想好起來嗎？」

「當然想！但我不知該怎樣做才能忘記他……」

「你相信我嗎？」

她重重點頭。

「那就把你的手機給我吧。」

她猶豫了一下，上繳手機，我把它放進手袋，她緊張地說：「不要刪去他的WhatsApp和照片啊！」

「放心，我不會看也不會刪除你手機內任何資料，那是你的私隱。我只是替你保管電話，你無法忘記他，正是因為你反覆重看他以前的訊息和一起旅行的甜蜜照片，

但那都已成過去了，回味來有個屁用？你思念他，他就會回來嗎？不會的，那只會累死你，累你丟了工作，累你抑鬱，拖垮你的人生。」

我拉著她去買了新手機，將必要的資料傳到新電話。我陪她回家，發現她到現在竟還晚晚抱著前度送的毛公仔睡覺！我像打劫銀行那樣挾持她把所有跟前度有關的物品封進箱子裏，若不忍丟棄，fine，送入迷你倉吧，鎖匙我保管，直至她忘了有這麼一條鎖匙，我就會還給她了。

- 要重新做人，放下過去是必要的一步。明知過去不會回來，卻仍躲在夢中欺騙自己，時間一天天被浪費掉，吃虧的是自己，將來後悔的也是自己。

你的童年過得怎樣？

寫於 2020 年 6 月

「教書將近二十年了,若不是避疫停課,我也不知原來很多學生家裏環境差到這個地步。」一位教書的朋友說。停課期間用 Zoom 上視像課,拍到學生的家,不少劏房環境惡劣,阿媽細佬阿妹擠在學生身旁吵得厲害,很多人家裏連 wifi 也沒有,只能在洗衣舖之類有免費 wifi 的地方上堂。

這些孩子長大後會變成怎樣呢?我不禁想起美國俄亥俄州 (Ohio) 衛生部總監 Dr Amy Acton,她成了美國的抗疫英雄。她在疫症爆發初期已果斷關閉一些公共場所,呼籲市民留在家中,頻頻開記招,穿著醫生袍,以一把冷靜、誠懇的聲音贏得俄亥俄州人民的信任。相比人口

還要少二百萬的鄰州密西根州(Michigan)，Ohio的確診數字居然少一半。

要讚俄亥俄州州長 Mike DeWine 有眼光，他尋找衛生部總監人選時，第一句問 Amy Acton 的就是——你的童年是怎樣的？DeWine 想找一個有同理心的人。

看看香港那班高官和政客，「相由心生」這四個字從來不會錯。54歲的 Amy Acton 很美，散發著優雅氣質，身段苗條，一頭微曲的金髮尤其好看，很難想像她童年遭受虐待，12年之內住過18個地方，還住過帳蓬，有時鄰居會分給她一點食物，也有人將視線移開，不想看見她，不想孩子跟她玩，因為她又臭又髒。如今 Amy 在疫情中看見失業無家的人都很理解他們的感受，「因為我就曾經住過那個帳蓬」。

不過出身基層也不一定有同理心吧。有些人童年被剝削過，手裏稍為有點權力就急不及待去剝削別人。試問有

多少高官會像 Amy Acton 那樣，視人命比自己的官職更重要？她果斷關閉公共場所來斬斷病毒傳播鏈，救了很多人卻遭到生意受損的商人控告，反對者持槍到她家門口示威。她沒有潑婦罵街地反駁，而是選擇身影優雅地步下舞台，不眷戀權位，甚至由一開始就不想做官，只想服務那些需要幫助的人。

- 但願在那些貧苦的同學當中，將來會有一個 Amy Acton。

- 艱難的童年孕育出同理心，但很多人只因一點點錢和權勢就將同理心賣出去了。

冷靜應對
戒掉情緒

第三章

天氣不似預期

廣東話的「執生」，是指當事情不按原本的計畫發展就得靈活變通。這種能力跟一個人擁有多少個學位毫無關係，而是常識和生活智慧。

為什麼有些女人一旦發現丈夫有外遇就徹底崩潰，無法重新站起來？
因為她們知道老公出軌是家常便飯。
說得確切一點，是「別人的」老公出軌是家常便飯，我丈夫是絕對不會的，
因為我老公與別不同。

她們將自己的幸福百份百投放在丈夫身上，一旦發現對方出軌，幸福也就百份百粉碎了。將自己幸福的控制權交給別人是很危險的，好比自己跑進監獄裏然後自己關上牢獄的門。這並非針對男人，紅杏出牆的女人可不少呢。

我要說的並非時刻提防另一半不忠，
要用鎖鏈才留得住的人還有什麼值得稀罕？
重點不是管制丈夫，
而是女人必須有獨立的能力，
這樣才有應變的本錢。

記得小時候一位老師曾說：「別以為走在行人路就絕對
安全，車可以剷上行人路的。」說得真對啊。舉一反三，
也適用於愛情、事業和人生各方面。當世事不似預期，
就要執生。

舉例，社會動盪導致一些工作計畫須作相應改動，大家
的日子都不容易，互相配合一下有什麼問題？一位工作
夥伴卻在 WhatsApp 群組上咆哮：「你們無法想像我有
幾忙！有幾辛苦！」「你們無法想像要改有幾麻煩！」，
句句都「你們無法想像」。其實又何需想像？這是大家
每天的親身經歷，有些人連忙的份兒也沒有，直接丟了

飯碗，基本生活都成問題。每個人都有自己的難處，卻就是有人會將自己想成最委屈，只有我是受害者，別人總是不諒解我。

有誰不希望事事如願美滿？但當自己明明走在行人路，車卻突然劃上來，光是怨天怨地，有用嗎？

・「執生」最難是什麼？往往不是技術上的應變，而是一旦事情不按自己的意願發展，情緒就失控了，脾氣就爆發了。情況愈亂，愈要冷靜。在風暴中泰然自若的人──型。

醫生也有覺得
自己是廢人的時候

我在 www.patreon.com/daisywong 的平台除了做直播和發表文章，有時也會做錄音，我就稱為「聲音專欄」吧，有次講了一件關於醫生的真人真事，讀者們聽了覺得很有意思，我也在這裏將其中一段寫出來。

那是一位香港很有名的醫生，年輕時曾在英國行醫。有年放假，朋友邀他到郊區的農場幫忙，豈料他在除草時不慎被一棵植物刺傷了手，迅速腫脹得十分嚇人。他很沮喪，心想自己明明是醫生，但在荒郊野外，藥物、抗生素什麼都沒有也只是廢人一個，只能眼巴巴看著自己的手急速衰壞，希望第二天趕回市區治療仍能救回這隻手吧！

此時剛巧一個農夫路過，問道：「你是被哪棵植物刺傷的？」年輕醫生引路，農夫說：「別怕，我有辦法。」農夫把生長在那棵毒草旁邊的植物摘下來磨成糊，敷在醫生的傷口上，竟不消一刻就好起來了！農夫解釋，那棵植物只刺你一下便使你的手衰壞至此，可見毒性奇猛，能在它旁邊生存的植物必然有抗衡劇毒的本事，用它就可以解除你所中的毒了。

民間智慧又一次令人大開眼界。當危機出現，人們總是很慌亂，而且傾向倚賴舊有熟悉的方法去解決，這種思考框框有時候會製造盲點，令我們看不見 alternative。

教育程度愈高的人，遇到問題通常愈會想多了，想遠了，反而忽略最簡單直接的方法。

遇上突發危機，驚很正常，但驚一陣就夠，不要一直嚎哭滾地，抱怨自憐，因為嚎哭滾地不會令問題消失，只會令本來已經很惡劣的狀況加倍惡劣，時間浪費了，負能量增加了，連帶身邊的人也受影響。保持冷靜，驚愕過後懂得調整步伐是一種成熟。不容易的，畢竟坐著抱怨、推諉過人輕鬆得多呢。最終的勝利，必然會屬於那些懂得冷靜應對並自我反省的人。

- 「劇毒」可以是病毒，也可以是毒婦、毒男、邪惡的制度。不管多毒都一定有抗衡方法，不要一聽見劇毒就慌亂，就放棄。表面看來愈霸道張狂，內裏就愈脆弱不堪。

即使這樣的日子
也終會過去

寫於 2020 年 2 月

我在香港出生長大，做夢也沒想過香港竟有一天淪落至此。

有能力找來一個合規格的口罩，感覺就像戴著一隻勞力士。「新堅尼系數」是家中口罩的存量，五個以下是赤貧、二十個以上是中產，夠用一個月簡直就是富豪。

從新聞看見 87 歲阿伯通宵露宿街頭，為的是排隊買口罩。一個醫院女職員偷了幾十個口罩，被警察拘捕了。還有瘋搶日程表，米、即食麵、消毒液……連廁紙都掃光。每天都有很多謠言，超市已澄清廁紙存貨

充足。但假如廁紙真的就快缺貨，每人都搶十卷八卷，其他人就買不到了。當政府不作為，市民只能靠自己的時候，「多為別人設想」這句話也許太苛刻，但要打贏疫症這場硬仗，香港人真的需要再團結多一點，互相支援。有讀者告訴我會在手袋裏多放幾個口罩，遇見做清潔的老人家就上前問問夠不夠口罩，然後送上，也聽到其他人仗義送口罩的小故事。香港人要繼續活下去，憑的就是這種質素吧。

在瘟疫中，每個人都受到不同程度的影響。平時有很多計畫，工作大計、去旅行、搞活動⋯⋯突然之間全部打亂了。有人雄心壯志的工作計畫頓成泡影，有人被迫取消婚禮。原來，很多事情根本無法計畫。既然如此，那就不如活得輕鬆一點。

如果那件事本身超出你的控制範圍，
你擔心得三天睡不著又能改變到什麼？

平常心吧，幫到別人就盡量幫。與其只顧上香拜神求庇佑，不如用行動去幫人多積福。

・ 愈沉重的事，愈要用輕盈的心態去面對，順境逆境都可以好好生活。

難過得想死
就拿出你的幽默感

第四章

妻之報復

一位女讀者看了我寫的《長大了才明白的二三事》，給我發來電郵說：「Daisy，你在書中有篇文章題目是『婚姻恐怖嗎？』，當中提到那部讓人不敢結婚的婚姻恐怖片《幸福定格》，我也看了，電影中有個太太偷偷讓老公吃過期食物作為報復。悄悄告訴你，其實我也試過呀！」

我又問一下身邊的女性朋友，居然也有好幾位做過類似的勾當，將未洗的水果，或過了期但未至於發霉的食物給丈夫吃，男人當然毫不知情，老婆咬牙切齒睇住個衰佬食得津津有味。各位男士，想起自己昨晚在家中吃的那碗麵吧？哈，別怕，老婆是不會落毒的，我是指絕大部份老婆，絕小部份的我就不知道了。那過期食物所謂何事？無他，谷住條氣，卻又無可奈何，唯有來個迷你反叛小劇場發洩一下。

男士們，問心，老婆勸或罵或求你多少次不要做某件事，而你依然繼續做呢？那「某件事」可能是打機、飲酒、上鹹網看女主播、小便弄濕廁板，或繼續找「那個女人」。

以一件小事為例，家中地上有張廢紙，
如果老婆或女傭（很多時是同一人）
沒有拾起它，那張廢紙半年後仍會在原處，
這就是男人跟女人的分別。

女人最氣頂的是什麼？明明不對的是他，怎麼他卻可以若無其事躺在梳化看電視？倒會享受人生啊！彷彿自己從來沒有做錯任何事！沒有錯的我卻竟然要反過來服侍他，洗衫、抹地、帶孩子、煮飯，公平嗎？

其實從男人的角度，真的不知道自己做錯什麼，更不明白女人為何老是在生氣，唯有將一切歸咎於月經。另一方面，女人深感委屈，明明覺得不公平卻毫無辦法，離婚未免太大件事，反正已經這麼多年，都習慣了，而且也不想影響孩子。人到中年才翻天覆地去改變生活，難呀。

無法改變現狀，卻又條氣唔順，只能在日常生活細細聲吶喊，讓他吃吃過期麵包，丈夫有難時卻又會第一個飛身撲出來維護，這就是女人。

- 有沒有發現其實女人的矛盾幾好笑？太認真有太認真的喜感。決定結婚那一刻，沒有人能預計往後幾十年會發生什麼事，兩個人要能長久地相處就要攞到個笑位。生活瑣事很折磨人，笑咗佢總好過忍咗佢。

一樹梨花壓海棠

做每件事都有相應的主題曲。遇到人生不如意就聽
Schubert，去 private sale 跟港女們搶購三折高跟鞋
一定要聽Bach，沒有比一邊聽Korngold一邊逛美術館
更過癮了，秋天則要聽徐小鳳。

很多人都感到驚訝，Daisy 你這個番書妹竟然聽徐小
鳳！Why not？那首《深秋立樓頭》，在秋夜聽是一種
享受。小鳳姐說很多人聽不懂歌詞，也是的，歌詞就像
古文，但那詩意盎然的詞就如一抹清新的涼風，讓人心
中清澈舒坦。

我想起宋代詞人張先。那時的詞是唱出來的，譜上音樂
旋律，就像我們今天唱流行曲，只是當時通常是由歌妓
或家中的侍女來唱。張先是宋代大紅大紫的詞人，他
生性風流，戀愛大過天，只要愛就什麼都不理，連小尼姑
也是他的情人。

張先八十歲那年娶了一個十八歲的妾，寫下一首詩：「我年八十卿十八，卿是紅顏我白髮。與卿顛倒本同庚，只隔中間一花甲。」

蘇軾貪玩，即興和應：
「十八新娘八十郎，蒼蒼白髮對紅妝。
鴛鴦被裏成雙夜，一樹梨花壓海棠。」
以白色的梨花比喻白髮老頭張先，
美艷的海棠不用說就是年輕嬌妾了。

有趣的是儘管宋代一夫多妻妾，卻並非所有男子都像張先這樣夠膽享齊人之福。宋真宗的宰相王欽若出名怕老婆，雖貴為宰相，面對惡妻卻毫無搏擊之力，納妾等同自殺。是的，真的就如上擂台打自由搏擊，王欽若身材矮小，老婆卻「好打得」，經常發生家暴。

張先的老友晏殊有個能歌善舞的侍女，惹得正室醋意大發，將侍女逐出家門，晏殊怕老婆，為求自保就不

追究了。豈料張先來喝酒不見這侍女，當場寫了《碧牡丹》，描寫被趕走的侍女孤苦伶仃太可憐，晏殊聽得心酸，後悔沒好好珍惜侍女，立即命人將她贖回。

以為走投無路了，誰又會料到才子竟用一首歌改寫了一個女人的命運呢？

· 當日張先娶少女為妾，大概沒料到一千年後人們仍在談論他的風流韻事；蘇軾又可會想到自己貪玩寫下的「一樹梨花壓海棠」，千年後竟會印在 *Lolita* 電影海報？

· 好詩可以留芳百世，壞事自然也會遺臭萬年。別以為今天所做的好事沒有成果，也別以為傷天害理沒有報應。時間會給予一切答案。

當善良會被懲罰
地球就只剩人渣

第五章

型到核爆的
音樂巨人

連小孩都識講「人生不如意的事十常八九」，但有時上天安排的難題也實在過份，例如貝多芬是音樂家，上天不讓他跛，不讓他瞎，卻偏偏要他聾，那等於奪去他的一切，老天爺玩得很絕。

不過，每一個 crisis 都是你 show off 的機會，若把握得好反而會變為你成功的跳板。貝多芬一生遭受強權迫害，童年時被酗酒的父親虐待，把神童兒子當搖錢樹。長大後，女神的父親看不起貝多芬出身卑微，令他痛失所愛，據說《給愛麗絲》就是為此創作的。

失戀很痛苦，但更悲慘的是聽力日漸衰退，連對面教堂的鐘聲都聽不見了，這對一個音樂家來說等於被判死刑。

貝多芬想過死，卻不甘心，
他在寫給朋友的信中留下名句：
「我要扼住命運的咽喉，不容他毀掉我！」

若不是因為失聰，貝多芬就不會由鋼琴演奏家轉為作曲家，創作了大量永垂千古的傑作。驀然回首，常會發現

老天爺那惡作劇般的訕笑原來帶著幾分溫柔，只是當時心中只有憤怒，沒注意到罷了。

古今中外，大部份名人都是趨炎附勢的，貝多芬是難得的例外。他擁抱自由、平等、博愛的價值觀，而且言行合一。法國軍隊攻入維也納後，奧地利貴族爭相向佔領者獻媚，一位公爵為了擦鞋，強迫貝多芬為法國軍官演奏。貝多芬看著這些助紂為虐、毫無廉恥的權貴就眼火爆，竟一把抓起椅子往公爵扔去！他不害怕得罪米飯班主，不怕被清算，臨走前還大筆一揮：

「公爵，你之所以成為一個公爵，
只是由於偶然的出身所造成；
而我之所以成為貝多芬，卻是因為我自己。
公爵現在到處都是，將來也到處都是，
而貝多芬卻只有一個！」

型到核爆。那時貝多芬已經好出名，換著其他處於收成期的人，腦細未落 order 自己就已急不及待撲出來表示效忠了。

另有一次，他和朋友散步，迎面來了皇后和貴族，貝多芬說：「讓路的應該是他們。」朋友卻飛快讓路除帽鞠躬。後來貝多芬更發現這位朋友攀附權貴，毫無骨氣，立即 unfriend，即使那位朋友就是鼎鼎有名的歌德。

自古以來，每個社會、每個國家都有一群極度自私的人，為了維護自身既得的利益，什麼傷天害理、不知羞恥的惡行都做得出。偶爾看見像貝多芬這樣有風骨的人物，真會感動到眼濕濕。

Insight

- 音樂巨人是如何鍊成的？貝多芬一生遭逢無數劫難，亦深受法國大革命的影響。他即使身陷絕境也不認命，誓言要「扼住命運的咽喉」，終於千錘百鍊成為獨步千古的貝多芬。二百多年後的今天，他的音樂仍鼓勵著懷抱理想的人。貝多芬令我最感動的是，他並沒有像一些藝術家那樣躲起來自我陶醉，也不屑攀附權貴去搏出名，有實力就是任性啊。貝多芬不是空談理想，而是將自由、平等、博愛的信念用藝術形式表達出來，實實在在地改變世界。

唯一的男神

沒料到，今天寫Keanu Reeves這名字時依然怦然心動。

連續忙了三個月連氣也沒喘過一口，日以繼夜為籌備出版《長大了才明白的二三事》和《鬼故》。終於完成《鬼故》那天，我整個人虛脫了，軟癱在梳化發呆，然後去找奇洛李維斯。

累得說不出話來的時候，沒有比看一場動作片更痛快了，於是我一個人在晚上到戲院看了《殺神John Wick 3》。長期思考太多，要讓腦袋放鬆一下，這夜我只想一個人靜靜地看一場電影。

嗯，不經不覺，Keanu Reeves已經54歲了，他蹲下來再起身時有點「論盡」，看著有點不忍心，但我之所以這麼喜歡他，是因為他擁有超越外表的美，在荷里活這個虛偽、凡事以利益為首的世界是何等稀有。「Keanu」是夏威夷土語，意思是吹過山頭的清風，這確實就是他了。一位大紅大紫的荷里活巨星會搭地鐵，還要讓座，獨自在街頭吃三文治，還分一半給露宿者，一雙鞋子穿十年，零緋聞，狂捐錢，飛機延誤會逗乘客開心。二十多歲時候的他，真是美得前無古人後無來者，演技一流，說話充滿睿智，完美如此真是人類嗎？

但我想，Keanu Reeves 之所以到今天仍是我心中唯一的男神，是因為他在名利場中對原則沒半點妥協，這樣的男人 man 到令人心跳加速。他在 *Speed*（《生死時速》）爆紅後，即使續集片酬高達一千一百萬美元，他仍因為劇本不理想而拒絕接拍，反而去演莎士比亞舞台劇《哈姆雷特》，從賺錢角度看簡直就是大傻瓜。結果續集另找男主角，拍出來慘不忍睹，劇本被傳媒和影評人批評得體無完膚，可見 Keanu 是對的，但拒拍續集也令他被列入黑名單，陷入長達十年的事業低潮。

無論事業高低，奇洛李維斯都是同一個人，沒有因為紅了就變臉，他會不計酬勞接拍有 heart 的小眾電影。在現實裏，他的父親是毒販，在兒子三歲時拋妻棄子，母親嫁過四次，年紀小小的 Keanu 面對一個又一個繼父，在中學五年間轉校四次。

23 歲那年，他的畢生摯友因濫藥逝世，後來他的女兒夭折，女朋友在車禍中喪生，最愛的妹妹患上血癌。媽呀……這是拍電影嗎？經歷悲劇，卻仍舊善良淡泊，就像吹過山頭的清風。近年男神公開承認與藝術家女友的戀情，毫無懸念，經得起考驗的善良一定會帶來幸福。

Insight

- 無論你多麼好，也一定會有人不喜歡你，又或因為你這麼好，就利用你的善良來攞著數。完美如奇洛李維斯也曾遭小報抹黑，因為拒拍續集而遭到行業封殺。假如他在那十年低潮期間認輸，就不會有後來*Matrix*和 *John Wick* 系列的巨大成功了。有些人可以活得精彩無憾，是因為他們在最黑暗的時候沒有放棄。

人為什麼要變老？

我認為老人家與年輕人之間的衝突，大部份跟代溝是無關的。關個「人」事，唔關「年紀」事。

有讀者問我：「Daisy，你的書《長大了才明白的二三事》適合什麼年紀看？」成長是不分年齡的，有些人八十歲依然很幼稚，也有很懂事的小學生。這本書不分年齡，就是寫給有慧根的人看。

敬老很好，但偶爾也會遇到因為禮讓而反遭欺負的例子。一位婆婆在街邊擺地攤賣撿來的破爛蔬菜，雖然爛到不能吃，但就當幫幫老人家讓她快點賣光東西回家休息吧。婆婆說：「呢舊薑好靚！」其實發霉的，乾乾瘦瘦一小塊。我問：「幾錢呀？」她說：「八十蚊。」我馬上照照鏡，看自己的臉是否刻了「羊牯」兩個字。不是錢的問題，我相信很多人都會多付給婆婆或不用她找錢。

> 問題是不能因為別人友善就加以欺騙欺負。
> 當善良會被「懲罰」，地球就只剩人渣。

「兩蚊乘車優惠」是一大德政，以前因為怕車費昂貴而不敢外出的長者，如今可以高高興興地遊山玩水了。但也有不少人抱怨朝早上班繁忙時間迫爆巴士，一行十個老人擠上車，其他乘客唯有讓座，老人坐下來還大聲說現在搭兩蚊巴士去飲茶，然後去這裏那裏玩，節目好不豐富。其實老人不用上班，出去玩是否可以稍為早些或晚些，自己不用迫，也體諒一下上班族？

日本有一群老人專門打劫，以便可以坐監，免費食宿還有康樂活動。BBC 報道，東京附近的府中市監獄，多達三份之一的犯人年屆六十以上，為此監獄還得安裝扶手、適合老人的特殊廁所等等，像老人院多過監獄

吧。1997年，65歲以上老人犯罪率佔整體5%，二十年後居然升到20%以上。一個62歲男人偷了一輛單車，然後直接踏著它去警局自首。日本對小罪行都會嚴懲，所以治安那麼好，這個男人「如願以償」入獄，放監後他又持刀打劫女生以便可以再次坐監。

同樣在日本，二百多位退休長者由2011年起自願到福島清除核輻射。一位老人說：「我今年72歲，一般情況下我大概可以多活13至15年。即使我受輻射影響，癌症也需要二、三十年才會形成。」他們甘願作出犧牲，為年輕一代換取安全。沒有人要求他們這般付出，而最值得尊敬的就是即使沒有人要求，他們仍「選擇」這樣做，對自己毫無好處，只為別人好。做人可以這樣放得開真是有福。

再來看看那些犯法以求入獄的老人，貧窮折磨人是真的，孤獨折磨人也是真的，但62歲根本談不上「老」吧，真的只有偷竊坐監這條路嗎？

- 所謂「成熟」的其中一點，就是不會封閉自己的可能性，為何連試都未試過其他辦法就頑固地認定世界「必然」這樣，不可能有alternative，非要用最糟糕的辦法不可？

- 年紀大了心智卻沒有同步成長，這輩子就如同沒有活過一樣。人之所以會變老，不是為了有機會變聰明嗎？

亂世中的俠客

相對於《神鵰俠侶》、《倚天屠龍記》等被電視台翻拍再翻拍的金庸作品，《俠客行》名氣較小，卻是我非常喜愛的一部金庸小說，尤其在失望沮喪的時候，我就更懷念《俠客行》的男主角了。

提提你，以下有劇透。

石清與妻子閔柔在江湖並稱「黑白雙劍」，他們生了一對孖仔，細孖在嬰孩時被擄走，仇人送回一具面目模糊的嬰屍。從此閔柔溺愛長子石中玉，將他寵得無法無天，結果他姦淫擄掠，喪盡天良。

另一邊廂，一個流落街頭的乞兒竟跟石中玉長得一模一樣，他被惡人抓去，教他自殘的武功想害死他，小乞丐卻懵然不知，一片單純，還把害他的人當至親那般愛護。更慘的是，由於跟惡名昭彰的石中玉撞樣，小乞丐不斷食死貓被人尋仇追斬。但傻有傻福，竟讓他在誤打誤撞下練成絕世武功。縱使他有無盡委屈，儘管他有能力一個打十個，他仍堅持不肯傷人，甚至對害他的人也會捨身相救。

小說到最後也沒有明確指出這小子是否石清夫婦被擄走的兒子，但讀者都能意會。原來閔柔的情敵因愛成恨變了瘋婦，擄走嬰孩帶在身邊虐待作為報復，可憐的孩子連名字也沒有，因為「母親」從小到大只叫他「狗雜

種」，把他當成奴隸，但他並不知道「狗雜種」是罵人的，還很愛「母親」。

細矷因為悲慘的遭遇而練成蓋世武功，成為一代英雄；大矷錦衣玉食、享盡母愛，卻成了下流賤格的過街老鼠。令人感動的是這滿腔純真熱誠的孩子別無他求，只望能平平安安地過日子，面對奸人所害仍拒絕同流合污。金庸於 1966 年寫下《俠客行》，人物生於古代，今天讀來卻深有共鳴啊。

- 閔柔與瘋婦，到底哪個才是好母親呢？誰又能料到贏在起跑線的孩子，長大後會變成受眾生唾罵的殺人兇手？誰又能料到那被踩在腳底的可憐小孩，長大後會成為拯救蒼生的大英雄？

- 不要因為被壞人打壓就對世界絕望，鄙劣的人沒有資格影響你。沉著應對，讓挫折化為成長的養份，成為一個正直的勇者。

醫生的難處

歷史是不斷的重複，包括瘟疫、天災與人禍。

過去兩千年世界發生了翻天覆地的改變，人卻沒怎麼改變過，壞人依然壞到沒有底線，善良的人依舊善良。

二千多年前的漢初有一位名醫淳于意，醫術高明，為人正直，傾盡家財貼錢醫治窮人，不輕易為達官貴人治病。他的小女兒緹縈見父親從早忙到晚，連吃飯睡覺的時間也沒有，心疼父親快要捱出病來，便勸他旅行幾天休息一下。豈料淳于意出門期間來了個病人，碰不上醫生，病故了。病人家屬非常憤怒，加上淳于意得罪了不少權貴，便借故誣告他延誤治療，借醫欺人。地方貪官當然是偏幫權貴，這是千百年官場不變的定律，判了淳于意「肉刑」。

當時的肉刑有三種：「黥」是在臉上刺字，讓人一看便知這是罪犯；第二是「劓」，即割掉鼻子；第三是把腳趾割去，全都十分殘忍。淳于意慨嘆好人難做，只怨自己倒楣，一連生了五個女兒，到了要緊關頭沒一個兒子出主意。小女兒緹縈很難過，隨父上京並上書皇帝，願當官婢以贖父罪。漢文帝很感動，赦免了淳于意，

還廢除了肉刑。其實生仔也不一定孝順，班固有五言古詩《詠史》：「百男何憒憒，不如一緹縈。」

其實就算當時淳于意沒有放假，也不一定能救活那個病人吧。醫生是人，不是神，生死大權並不操控在人的手裏。面對瘟疫，許多醫護人員冒著生命危險，連家人也不能走近以免傳染，有良知的人會感激，可惜不是人人都有良知。

Insight

- 愈對人好，別人愈嫌你不夠好。付出所有，仍會有人怪責你付出不夠。我們只能堅持信念，做對的事。任何年代都有卑劣的人，因果卻從不走漏眼。

吃好每一頓飯
腳踏實地去做
我該做的事

第六章

講一千句
還不如一個 action

大家都知父母身教很重要，有人覺得太重要，當了父母之後忽然成了道德重整會會長。

我認識一位女生本來粗口流利過地盤工人，生了孩子後突然性情大變，就連「豬扒、低B、廢青、廢柴」都被她列為粗口級別的禁語，嚴禁在孩子面前講，媽呀她的兒子才六個月大！

「為什麼廢青和豬扒不准講？」我很好奇。

「因為孩子聽多了，長大後就有更大機會變成廢青和豬扒，就如聽多些莫札特可以增加孩子成為音樂家的機會。」

我不知生仔是否會令人變蠢，但我肯定聽得多「全智賢全智賢全智賢」不會令一個人變靚。

無菌環境會削弱孩子的抵抗力，令他們更容易染病。這位母親有點矯枉過正，可出發點是好的，至少她明白

身教的重要，並且努力改變自己為孩子樹立榜樣。

有些人即使自己很壞，也會教親生孩子正義，壞事就讓別人的孩子去做吧，例如世紀大貪官和珅竟然嚴禁兒子豐紳殷德收賄。有次豐紳殷德收了一箱珠寶，和珅發現後馬上將兒子綁起來打，罵道：「汝豈知此詭譎之事？吾陷於此數載，見盡浮沉，汝必戒之！戒之！」

和珅出名教子嚴格，要求兒子從小習武和勤奮讀書，不准揮霍金錢，以免縱出「王子病」。但我向來無法理解這種要求孩子精神分裂的教仔方式，父親瘋狂貪污卻不准兒子貪污，就像有些父母教孩子不准衝燈過馬路，自己卻帶著孩子衝紅燈，然後補一句：「大人點同呀！」

一位安老院院長慨嘆：「有些老人家好有教養，對護理人員很友善，他們的子女通常都很孝順，待人也好；有些老人家對護理員呼呼喝喝，說話刻薄，子女通常都跟父母一樣刻薄，包括對自己的父母。自己種的因，就自己承受果。做了安老服務這麼多年，這是我最大的體會。」

- 一個孩子十年、二十年後會變成怎樣的人，管得住嗎？見過不少孩子被教到服從聽話，小學乖乖背書年年考第一，中學已經完全變了樣。我認識一位中學會考10A狀元，大學畢業後份份工都做得不順，有兩年還找不到工作，如今變成一個鬱鬱不得志、滿腔不忿的中年大叔。同時也有小時候讀書不成、曾被標籤為loser的人，後來在自己的領域獨當一面，搖身變成人生勝利組。由第一天出來工作開始，昔日那份考試成績表已經毫無意義了。

- 作為父母，與其給孩子定下一千條規矩強迫他這樣那樣，還不如自己身體力行，做個正直的人。在我個人的成長裏，價值觀就像一艘船的舵。就算風大雨大，只要方向不錯就一定可以去到目的地。

你在逃避什麼？

我不打機。之所以會跟朋友 K 聊起他不吃不喝連續玩了
12 小時的《刺客教條》，是想解決 K 的抑鬱。

這傢伙三十幾歲，活得一塌糊塗。事業、愛情、
健康⋯⋯全部一團糟。我是個很重視私人空間的人，
不喜歡別人干擾我的生活，也不會去管別人的生活，但
K 的情況就如浴室水渠塞了，浸到腳眼他不理會，浸到腰
他不理會，難道我要等他沒頂才後悔沒有出聲？

還好的是他自己也知道這樣下去不是辦法，卻不知應該
怎樣做。

我跑到他家裏，開門見山。「說吧，你到底在逃避什麼？」

他抓抓頭髮，不作聲。我見他遊戲機放滿一地，便由
這裏聊起。

「我從未試過如此沉迷一個遊戲⋯⋯」

「有沒有想過為什麼你迷上的是《刺客教條》而不是其他

遊戲？這個 game 有什麼吸引你？」

K 想想看，逐一數出來：「我喜歡它給我的成果很 tangible，我只要打到這裏便可以得到 ABCD 這幾項具體回報，我也很享受扮演其他角色，還可以向別人提意見，教人應該做什麼選擇。」

我驚訝地說：「原來你已經全部有答案了。」

「什麼答案？」

「『你到底在逃避什麼』這個問題的答案。」

我喝一口咖啡，慢慢說來。「你喜歡這個遊戲給你很具體的成果，就如你在現實生活裏，總是要求每一分付出必要給你一分回報。我建議你早上跑步，你就說，跑完又怎樣？就算跑到甩掉十磅、跑到身體強壯，又如何？我的人生還不是仍舊一團糟？

人生不是每一種回報都是 tangible 的，
朋友對你的關心可以用尺量度嗎？
你也有過摯愛的人，愛是 tangible 的嗎？
不可觸摸就代表那是假的嗎？
我覺得剛相反吧，有些人老是要在
Facebook 曬夫妻恩愛，
又發誓，又貼甜蜜照，
這些照片和誓言都是具體可見的，
但恩愛就一定是真的嗎?不能是假裝出來嗎？
有時候正正是因為明知那是假的，
才需要具體的證明去保存自尊吧。

我大學畢業後第一份工是做記者，那時有個比我大幾年的師兄在另一份報紙上班，他說：『我寧願抹窗，辛苦完一輪，至少見到隻窗乾淨咗，做記者呢？日日做到嘔心瀝血，卻不見得社會因此有什麼改變。』你認為呢？社會真的沒有因為記者的努力而有絲毫改變嗎？如果沒有記者，惡人肯定比現在更惡，壞人比現在更壞。改變不會一夜發生的，記者是歷史的見證，用鏡頭和筆將事實記錄下來，這些事實即使今天不被承認，終有一天也不得不被承認。

第二是你享受在遊戲中扮演其他角色，喜歡給別人提意見，正是因為這遊戲滿足了你逃避現實的慾望，讓你逃到虛擬世界扮演他人，給別人意見卻無需承擔風險和後果。現實這般殘酷，工作又辛苦，當然想逃到不用辛勞付出的虛擬世界啊，可是你連自己的好都在逃避，那又是為什麼呢？你認為所有朋友對你好都是因為你從前的另一半人緣好，大家愛屋及烏才跟你玩，但事實並不是這樣的，我們喜歡跟你做朋友是因為那是你，而不是別人，你連自己的優點都不願承認啊！這可以有很多原因，例如在童年或成長過程中曾遇過一些人因

為自大而被嫌棄，於是你在潛意識裏拼命自我提醒不能喜歡自己，否則就是自大狂了，誰知做得過了火，將自己所有優點全盤否定，極端從來不是好事呀。

你在逃避你自己，包括你的好和你的不好。面對吧，誰不是傷痕纍纍？What makes you an exception？這世界其實是很公平的，無論你是富豪個仔或是小巴司機個仔，沒有真真實實地付出過就不會得到回報，無一例外。」

Insight

· 思前想後，左推右敲，一輩子躲在外圍試圖從遠處去偷窺問題的核心，時間流逝，一天天老去，仍在給自己找藉口。別等了，行動吧，一直做，堅持做，回報就會在你出其不意的時候來了。

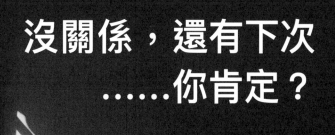

沒關係，還有下次
……你肯定？

第七章

重遇初戀情人

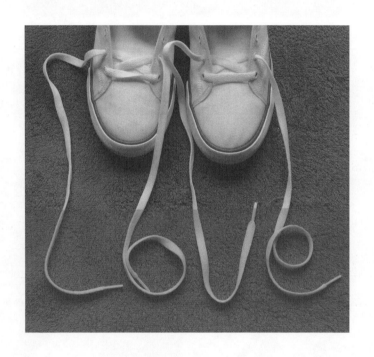

中年人重遇初戀舊愛重新撻著的真人真事，我雖然已聽過無數次，但每次仍是聽得張口結舌。這種事於我是不可能的，但的而且確有不少人經歷過，大部份都是有孩子的人。

有位五十多歲的男士重遇大學Year 1的初戀情人，「感覺返曬嚟」。另一位三十多歲的男士A先生，結婚十年夫妻感情一直很好，但某天突然重遇中學時暗戀的女同學，就一發不可收拾了。這位人到中年的女同學當時正在跟另一個有婦之夫糾纏，A先生說服她跟有婦之夫斬纜，自己亦同老婆離婚，娶了女神。「前妻」想必一頭霧水吧，夫妻感情明明很好，怎麼突然被拋棄了？

最令我驚呆的是，所有「感覺返曬嚟」的人都異口同聲說舊愛完全沒變，包括外貌和人品。19歲分手，29歲重逢，樣貌完全沒變還有可能。但19歲分手，56歲重遇，若看見對方外貌完全沒變，就是出現幻覺吧。我聽過更多例子是失聯二、三十年，上次見面大家是學生，再見時各人的孩子都上大學了，對方看起來卻跟二十年前「完全一樣」，當年心如鹿撞的戀愛感覺大爆發，卻不知對方是否也有同樣感覺，那久違了的

曖昧，患得患失的忐忑，好令人懷念啊！其實懷念的到底是那人還是自己一去不返的青春？心底裏總有答案。

柴門文近年出版了《東京愛的故事 - After 25 years》，在這部當年紅遍亞洲的日劇中，赤名莉香與永尾完治縱然相愛，最終卻分開，各自有了自己的家庭。這本《After 25 years》講的是當年青春煥發靚到天上有地下無的俊男美女，現在已經五十歲，重逢到底是「不如不見」回憶大崩壞，還是真的如封面底頁所說「開始交織出新的故事」？有一段頗深刻的，五十歲的完治重遇莉香，在心中說了這段話：「好不可思議喔……這25年來，我們明明一次面都沒見過，但總覺得自己一直是用這種方式在對妳說話——感覺莉香一直在我身邊。」

這不是「出軌」，也不等於完治畢生最愛的其實是莉香而不是他的妻子。我是這樣想的：有些人在生命某個階段有未完的故事，當時無法圓滿，可能是因為自己不夠努力，可能是對方付出不夠多，也可能雙方都沒有錯，只是在那個時間點，當時的我尚未真正知道自己需要什麼。遇上了，又錯過了。回望時多後悔當時自己沒有做得更好，總是以「沒關係，還有下次」的態度去生活，卻不知有些人或事並沒有下次，也不會知道哪次是最後一次。時間還是迫著人向前走，走了很遠之後，我忽然明白了這件事——

即使過客，也有他出現的原因。

Insight

· 讀大學時有一年做暑期工，公司有個剛大學畢業、束
  短髮的漂亮姐姐。我跟她屬不同部門，但也聽到公司
  裏的流言說她戀上渣男同事。有天她沒上班，第二天
  也沒上班，原來她自殺了，而那個渣男還是繼續
  上班，有說有笑，後來才發現他同時跟很多女生交往。

· 生命何等寶貴。糟蹋了，就為了一堆垃圾。如果她
  可以稍為忍一忍，多等一會，就會遇到好千百倍的
  男人，生孩子，建立事業家庭，為自己所愛的人和
  夢想而努力。一日未死，一日都有如果。

改變真的很難

如果你有兄弟姊妹，心裏一定問過這個問題——為何兄弟比我的成就高(或低)這麼多？當然，這不過是自己的主觀感覺而已，兄弟未必真的如我們所想那麼優秀或不濟。但不能否認的是，同樣的父母生，同樣的成長環境，孩子長大後也可以一個天一個地，一高一矮，一美一醜，一個天才一個平庸。

令人意外的是，長得漂亮那個婚姻未必比其貌不揚那位美滿，讀書叻的成就也未必較高。上天給你什麼牌，也得看你如何玩這鋪牌，關鍵是你對「change」抱著什麼態度。

舉例，同樣經歷了童年時父親或母親酗酒，有些孩子長大後也像父母一樣酗酒，亦有孩子從父母身上目睹酒精害人不淺，於是自我警惕，努力上進事業有成。人腦美麗之處就是有靈活性，任何一秒都可以揀另一條路，一念天堂一念地獄。

揀完就要實行，這一步難倒很多人。行動呀！驚到腳軟。繼續留在舊日習慣了的comfort zone是很吸引的，

因為「改變」很麻煩，「改變」存在未知，會有風險。
雖然很討厭目前的工作，但轉工也難料新環境如何，
還是繼續留在這裏捱到退休吧。

美國911事件發生時，當第一架飛機撞向雙子塔的其中
一座，另一座大廈響起了警報，很多人卻不當一回事，
有人繼續開會、繼續講電話，有人走到半路想起漏了
桌上的照片回去取，結果這些人全部葬身大樓瓦礫中。
要屁股離開長久坐著的椅子，竟那麼艱難，因為要用
行動去改變。要衝破「響警報只是例行演習而已」的慣性
思想，也很難，因為這是思維上的改變。

有人說，就算我願意用行動去改變，so？保證一定成功
嗎？只有老千才會向你保證投資包賺。這個世界沒有
人能向你保證什麼，只能靠自己去爭取，靠努力打拼去
提高成功率。

・ 行動未必一定贏，什麼也不做卻一定會輸，道理就
　這麼簡單。

對於工作
最理想的態度是
認真而不沉重

第八章

找到喜歡的事
就盡情去做吧！

「我帶狗散步，要用報紙，順便看了你的專欄。」一位朋友說。我深感榮幸，盛讚他對環保的貢獻。

這位朋友是我的一位舊上司，在這裏暫且稱他Andrew。即使已不再共事，我每年都會跟Andrew吃一兩次飯，聽聽他對生活、對社會的見解。說起來，Andrew是我認識的人當中，少數既事業成功而又活得開心的人，至少據我所知是這樣。他有幽默感，有幽默感的人懂得自嘲，笑咗佢，生活就不會太沉重。說到底，誰的人生會一帆風順？誰沒有壓力？有些人明明已經很有錢，身體健康，家庭也不錯，內心卻依然很bitter。

世界沒有給你苦澀，苦澀的源頭是自己。

「我中午從office駕車15分鐘去附近的會所游水，你可以游多久？我嘛，游一個鐘已經非常足夠了，連洗澡和車程，兩點半前就可以回到公司。每天都過著這樣的

生活，避過手機總是因公務而響不停的 lunch hour，也不用整天困在辦公室裏，感覺自己成功征服了體制，爽啊！」

「很健康呢。這每天游泳的習慣開始了多久？」

「我還未加入那個會所。」

那即是剛才他說了十分鐘全是幻想，我從牙縫透出一句：「單是幻想就已經這麼開心了。」

「哈哈對啊！看我多麼容易滿足！」

我經常跟女兒說，她將來喜歡做什麼就做什麼。我不要求她做律師、醫生或什麼專業人士，看看我自己的舊同學，十個律師當中有三個破了產，一個坐監，一個釘牌。我女兒將來長大了，世界變成怎樣，邊個知？唯一永恆的就是忠於自己喜歡的事。」

然後 Andrew 開始談他的女兒。我覺得他活得開心的其中一個原因，就是他十分疼愛女兒。當然，我完全不懷疑天下父母都愛子女，但也有不少父母最愛的其實是自己。要孩子入名校、贏獎牌、做醫生，「我做咁多嘢都係為個仔好！」，半點不為自己的虛榮嗎？那我就聳聳肩講聲 okay 吧。Andrew 卻是少數能真正做到放手的父親，心裏縱有忐忑憂心，都小心翼翼地隱藏起來不讓女兒看見，為了讓孩子無後顧之憂地做自己真正喜歡的事。

為什麼這樣的父親能活得開心？大概是因為能夠放手，自己首先一定要看得開吧，看得開的人不會抑鬱。愈捉得緊，壓力愈大，愈不快樂。

「我女兒突然在 Facebook 宣佈出櫃！嘩我好緊張呀！我應該給女兒什麼反應對她才是最好呢？是否應該跟女兒說，無論如何爸爸都一樣愛你啊？我立即四處打電話給人類學學者呀、心理學家呀……忙了半天，回到家，女兒一邊啃著蘋果一邊輕描淡寫地說：『你不是相信吧？一看就知道是假的呀，我根本不玩 Facebook，那個 post 不過是同學搶了我的手機，在我的 Facebook 開玩笑罷了。』哎呀我真笨，年輕人不喜歡被父母追蹤他們的 Facebook，多年前已轉去玩 Instagram 和 Snapchat，還有那個……什麼 apps 我都記不起名字了，都是不留紀錄的。」

我想所謂「代溝」，
就是我們玩社交平台是為了
在某些時刻留下紀錄，而下一代
正是拒絕留下紀錄，他們喜歡一閃即逝，
是活在當下？還是 rootless？

「又比如說，我女兒溫習 econ，我們以前至少都要背個
definition，看幾遍筆記，但她們是不會這樣做的，筆記
只會看一次，不會背誦，然後吹。」

「或許現在的孩子過目不忘。」我笑說。我以前讀書也
不愛背誦，我想沒有人會喜歡枯燥沉悶的作業吧？但至
少也得背幾個 key points 才有得吹。

「這一代孩子沒有 substance。」我說。

「卻有很強的 opinion。」Andrew 補充。

令我疑惑的是：「Opinion 不是也得建基於 substance 嗎？」

我將咖啡喝完，去附近的書店買書。我喜歡活在當下，同時也喜歡留下紀錄，兩者一定有矛盾嗎？

後記：

這篇文章寫於 2018 年 11 月，刊於我的《信報》專欄「蘭開夏道」。誰也沒料到，半年後我會突然終止這個寫了 11 年的專欄，而我亦相信從此以後，我們的年輕人不單有 opinion，還會重新建立 substance；不只要活在當下，還追求永恆的價值。幾代 rootless 的香港人，將會由年輕人重新栽種一棵樹。只要活著，就有如果。無論如何，生存下去。

不擦鞋仍能生存嗎？

朋友慨嘆，現今世界太多人為了利益而擦鞋做小丑，出賣良知，毫無廉恥。他覺得內心太鬱結，問我有什麼方法舒解一下，我說不妨看看日劇 Doctor X。

這部劇集在日本多年來大受歡迎，講述由米倉涼子飾演的外科醫生醫術超乎常人，我行我素的她是醫院裏的異類。故事雖然關於醫生，但其實講職場惡鬥，是一部醫學界《半澤直樹》。演員一流，劇本佈局峰迴路轉，時常出現意想不到的急彎，只看了頭五分鐘便會欲罷不能。其中一幕講一個夜總會領班患了絕症，要求醫院院長把她治好，否則公開院長賄賂業界以換取院長之位的罪證。院長表面答應命下屬為她施手術，私下卻告訴這名下屬絕不能救活她，豈料這個向來比狗更聽話的下屬竟違逆老細的指示，找來醫術高超的女主角聯手為夜總會領班施手術，將她治好。院長得知後暴跳如雷，下屬望著他，拿著夜總會領班那本寫滿罪證的記事簿，竟一頁一頁撕出來吃掉以表忠心！

醫生在普遍人眼中是高尚職業，又如何？想上位的話還不是要卑躬屈膝、幾核突都要做？這就是 Doctor X 對

職場尖銳的諷刺。也許有觀眾覺得日劇誇張到了卡通的地步，但放眼今天的社會，看看世衛總幹事譚德塞，現實裏的人物不是更卡通嗎？相比起來，吃掉一本記事簿簡直濕濕碎吧。

我最喜歡 *Doctor X* 這部劇的原因是它問了一個好問題——到底一個不擦鞋、不埋堆、不參與辦公室政治的人，能否在體制內生存？劇中的答案是 yes，前提是像 *Doctor X* 那樣擁有超越所有人的技術，在自己的專業領域內獨步江湖，其他人就算再討厭她也不能失去她，誰叫她是唯一有能力解決問題的人啊。能做到這樣，你將無可取替，不再是體制內的一顆螺絲。有人說太難了，做不到。難是理所當然的，*Doctor X* 那起死回生的醫術也是由地獄式訓練而來，不想付出就返屋企瞓覺，別妄想有什麼回報了。

・我打過九份工，不擦鞋、不埋堆、不參與辦公室政治、依然能夠在體制內生存的人，我只遇過一個，那是一位頂尖律師，最終自殺離世。他何只不擦鞋，簡直當老闆透明，就連經常對腦細說的話都跟 *Doctor X* 一樣：「I won't do that！」這位律師憑著出色的專業表現，即使不獻媚仍足以令自己在老闆眼中變成無可取替。然而他最大的興趣並非法律，而是音樂，他辭去律師工作全情投入音樂創作，卻未能達到令自己滿意的成果。對於工作，我認為最理想的態度是認真而不沉重。

自信心

「你到底是怎樣做到的！」女友人問。

「做到什麼？」我一頭霧水。

她好像一直忍著不好意思開口。「怎樣做到完全不理別人的看法，我行我素？很難，真的很難！」

其實我也不知怎樣做到，大概是天生性格吧，我反而搞不懂為何有人會在乎別人的想法。在不影響其他人的情況下，選擇自己喜歡的工作、衣服、戀愛和生活方式，並且為自己的選擇而負責，對我而言就像太陽每天從東方昇起那般理所當然。若連這些理所當然的事情都被禁，人就變成被剝奪靈魂的機器了。

「那如果天生不是這種性格，還可以怎樣？」朋友追問。

我想了一下說：「這跟自信心有很大關係吧。從另一個角度去看『忠於自己』，就會發現如果有足夠自信心，那麼即使別人誤解你、批評你，依然不會影響你舒心自在地過日子。相反，假如你本來就很介意自己某些地方，不漂亮、家裏沒錢……或總覺得自己做什麼都比

不上別人，那就算其他人根本不是那樣想，你自己就
已經先拼命推敲別人的想法，然後花光力氣去迎合，
過一場疲憊不堪的人生，可惜啊。

要建立自信心，
最好的方法就是停止與人比較。

每個人都總會曾經對自己有某些不滿吧，就算身材很好
的女生也會想：『如果我能像那個 model 一樣 5 尺 11 就
好了！』已經很美的女生也可能懊惱：「怎麼我的臉
不可以再尖些？好羨慕那個女生啊。』誰比較漂亮？
誰比較成功？誰比較幸福？一萬個人就有一萬套不同
標準。既然如此，當然是用我的標準去量度我的幸福。」

「那在你整個成長過程中，難道從未試過羨慕別人嗎？」
朋友問。

「有呀，我記得升大二那年暑假，我和幾個同學
backpack 到內蒙古旅行。晚上來到一個巨型蒙古包跟
其他遊客一起進餐，眾人圍圈席地而坐，跟前有個茶几
放食物。因為全是不同國籍的陌生人，起初很是冷清，

突然有人敲起杯子來，一把女生的聲音大聲「啦啦啦」哼著，只見一個長得很可愛的日本女孩一邊哼個調子，一邊到處灌人喝酒，全場氣氛一下子就高漲起來了，完全不害羞的，好厲害啊，當時我心想。我從來沒有這種搞氣氛的才能。

『吵死人了，好煩！最怕這種女生。』身旁的男同學搖搖頭說。我很驚訝，在我眼中值得羨慕的可愛女孩，男生居然說很怕。我漸漸明白，相信自己、盡情去做自己喜歡和擅長的，自然就會有你獨特的魅力，無需跟別人比較啊。」

- 有些人會這樣想：如果我欣賞自己，不是很自戀嗎？不是自大狂嗎？於是慣性將自己看得很低，以為這就等於「謙虛」。做人真的非要這麼極端不可嗎？只有「超級欣賞自己」與「超級小看自己」兩個選擇嗎？好的地方就欣賞，不好的就承認，能改的就改，改不了的就接受，其實「自信而不自戀」並非想像中那麼複雜。

有些人
疏遠更好

第九章

身外物

想清空自己的心，最直接就是捨棄多餘的東西。居所愈清簡，內心愈平靜，善待自己就由扔掉舊物開始。

Well，咳咳（清喉嚨的聲音），我之所以能說出這麼成熟的話，是因為住在一個活像兇殺案現場的房子半生以後，我的容忍終於到了臨界點。看見別人在 Instagram 展示清簡得猶如無人居住的模型屋，我也開始學習家徒四壁呈現的簡約美。

我鎖定兩大目標——衣物和書本。把衣物翻出來逐件看看，竟發現一些從前非常寶貝的衣服，如今怎麼看也不順眼。我曾說衣櫃是女人的黑盒，藏著女人成長的秘密，不同階段會有不同的風格品味，直接反映在穿衣上。

如果你穿上一件衣服，照照鏡子會忍不住喊：「對了！這就是我！」那就是一件值得保留的衣服。它讓你自在、舒服、做回自己。除此以外，我統統捐去慈善機構，結果今次總共捨棄了一百多件衣服和二十多雙鞋子。

接著就是書本，所佔空間甚多，而我又偏愛實體書的書香，不看電子書。其實我向來只保留肯定會一看再看的書，那些沒有重讀價值的，看完一次就會立即捐出去，書架的空間是多麼珍貴啊。雖然如此，書籍的數量還是愈來愈多，看見有趣的新書又會忍不住買。有次朋友來我家，打開雪櫃就喊：「怎麼你雪櫃裏都是書！居然一罐汽水也沒有卻放滿了Charles Dickens！」他有所不知了，在倫敦老書店尋寶找到的舊版 *Great Expectations* 就像紅酒，必須雪在低溫寶箱裏才不會發霉變壞呢。

不知哪來的耐性，我居然把全屋的書都清潔了一遍，逐本問自己：「我真的會再看這本書嗎？」最後捐掉了三百本。連我自己也感到意外的是，我捨棄的竟然包括村上春樹的《刺殺騎士團長》和他近年的一些雜文集。一直有看我專欄的讀者會知道我是村上迷，大概也是作為粉絲的情意結吧，總有點「集郵」心態，但狠心也得說句老實話——《刺》實在不好看啊！之前已寫了詳細讀後感。既然不會再看，留著也沒意思。

捨棄那一刻，痛一下，就只那麼蟻咬的一口，瞬間就過去了。身外物，其實不需要很多。

Insight

· 人會隨著成長，更懂得分辨各種東西的輕重。從前覺得缺了就無法生存下去的人或物，後來發現並不如想像中那麼重要，真的失去時甚至覺得輕鬆了。不能失去的是初心，因為如果連初心也棄掉，你已經不是你了。

· 不要被可有可無的人事牽累，人生匆匆，一分一秒都要留給值得的人。

寧得罪君子
莫得罪小人

不知你有沒有試過很努力去做一件事，因為事情非常重要所以每一步都極為謹慎，一路進展順利目標在望，直至「轟」一聲突然翻車——原因竟是一顆小石子。

祖母常說：「寧得罪君子，莫得罪小人。」她經歷戰亂，走難來港，祖父某夜在睡夢中猝逝，遺下六名年幼子女由她獨力撫養，那句說話是祖母歷盡人間悲苦、千錘百鍊而得來的貼地智慧，不是主動去得罪君子，而是君子正直坦蕩，就算有糾紛也會用公義的手法去追究，不會閃閃縮縮在背後傷人。小人就不同了，即使你沒有做錯，也可能因為你太出色而惹得小人妒忌，最可怕的是你得罪了他還不自知，毫無防備，死咗都唔知咩事。

Anne Hathaway 早年主演了一部電影叫 *Becoming Jane*《珍奧斯汀少女日記》，講英國 19 世紀小說家 Jane Austen 的情史，虛構的，但有一幕頗為深刻：年輕時的 Jane 戀上窮小子，二人私奔，一切都很順利，眼看就快逃出這個鎮了，中途卻有人篤灰，令窮小子失去升學機會，本來他大好前途將來可以當法官，供養父母和年幼弟妹。Jane 唯有狠心分手，因為不忍情郎一家老幼為了二人的愛情而餓死。她心知篤灰的人一定就是那個才貌雙全、被拒愛仍送上祝福的謙謙君子，真是虛偽的傢伙！

她又氣又傷心回到家裏，一個猥瑣核突佬跑來贈興：「你終於甩掉那窮鬼了，呵呵還得感謝我呢！」Jane 恍然大悟──篤灰的人原來是你！她誤會那位君子了，眼前這核突佬曾追求 Jane，她婉拒後本來已將此人忘得一乾二淨，萬萬沒料到最終破壞大局的，竟是個連名字都幾乎想不起來的嘍囉啊。

· 對人刻薄惡毒的人，自己幸福極都有限，因此才會基於嫉妒而破壞別人的幸福。相反，待人寬容友善的，本身也大多是幸福的，意思並非住豪宅揸靚車，而是無論貧窮富裕、患病或健康，內心都平安滿足，氣質也特別優雅，心想我幸福滿瀉，跟你分享一點又何妨啊。

將自己放得太大
是很難快樂的

第十章

怕死

人類有許多古怪的行為，其中一件讓我抓破了頭皮也無法理解的，就是為什麼有些人已經到了瀕死的地步仍拒絕求醫，搬出一堆熱氣呀、濕重呀的荒謬藉口，欺騙自己，直至倒下了被送入院，才發現已經神仙難救。

怕死，這個我當然明白，但不是正正因為怕痛又怕死才要及早醫治嗎？很多病若是在初期已被發現，即使是癌症，不用怎麼受苦就能根治。癌症最麻煩是擴散，在初期就將癌細胞剷除掉，就不會發展到後來無可挽救的境地了。

當我知道最諱疾忌醫的人竟然是醫生，實在無話可說。有一位我非常尊敬、仁心仁術的名醫曾告訴我，他六十多歲的時候身體持續不適了一段時間，他明知有問題，卻不敢面對，寧願欺騙自己一直拖，終於被老婆揭發(是的，我認為「揭發」是唯一合適的字眼)，將他綁架入院，一照，血管塞了九成。聽老婆話何只會發達，簡直可以保命。他立即接受了手術，如今八十歲，龍精虎猛。

我好奇一問：「醫生患病，無可避免要由其他醫生為他施手術，那會不會質疑其他醫生水平不夠？」

「梗係會啦。」也真坦白。

我認識不少髮型師很抗拒被其他髮型師剪髮，人人都認
為自己最好，更何況從小讀書叻、賺錢多、社會地位高
的醫生？

「醫生是最糟糕的病人，覺得自己好叻，不肯接受
意見，又怕被標籤。有位專門替病人照X光的醫生身體
不適了很久，他每天上班面前就是一台X光機，只要
那時他按個掣，照一照，就不用那麼早死，他卻等到
病入膏肓才照，發現整個肺都是癌，已經無藥可救了。
也有些醫生年紀漸大，病人漸少，不像以前那麼多人
欣賞了，就覺得很失落，有些更患上抑鬱症。」

外人以為醫生都是「人生勝利組」，其實是苦是樂，百般
滋味，只有自己知道吧。

・將自己放得太大，是很難快樂的。

得不到的
都是不適合你的

很多人認為最痛苦的愛情故事，莫過於「我愛的人不愛我」，我卻認為最痛苦的應該是「我不愛的人超愛我」！

一班女生聊天，提起怎樣追女仔的方法最浪漫，有人說：「如果有男生在我公司附近出奇不意地等我下班，實在太浪漫啊，我一定感動死了！」但我一點不覺得浪漫，只覺反感，他怎能確定這個女生一定想見到他？沒有預先徵求對方同意就突然出現是十分無禮的，這人在我心中的印象必定大打折扣。

同一個行為，有人認為浪漫，有人覺得討厭。Well，這當然也視乎做這個行為的人是誰。很久以前看過電影《向左走向右走》，有一幕一直記到現在。梁詠琪喜歡的

是金城武，二人卻失去聯絡，千辛萬苦仍找不上對方。
這時梁詠琪偶然重遇一位現為醫生的舊友，醫生十分
迷戀她，可是她喜歡的就只有金城武一人。醫生覺得
自己條件這麼好，女生哪有不愛他之理？便自以為是
地闖進這個女孩的生活，在她生病時硬要在她家裏
照顧，還在女孩家中的浴室洗澡。

梁詠琪有一段深刻的對白：
「我真係唔鍾意你㗎！
支洗頭水我喺日本買，平時唔捨得用，
你用過一次我成支揼咗。」

一廂情願為心儀對象做一大堆事情，然後覺得自己好偉
大，卻不知原來為對方帶來困擾。倒過來說，假如洗髮
的人是金城武，梁詠琪肯定抱著那瓶洗頭水當寶吧！
醫生這職業在很多女生眼中都是筍盤，在女孩生病時
關懷照顧聽來也很窩心，但筍盤又如何？暖男又如何？
不愛就是不愛。既然那麼喜歡她，何不尊重她？

為什麼會愛上一個人？無法解釋。為什麼無法愛上一個人？很多時候也未必有原因。兩個人之間有沒有火花，並非一條數學方程式。在別人眼中明明就是缺點，在情人眼中卻成了優點。這個女孩不愛這位醫生，外面卻大把女孩爭著愛他。得不到的，都是不適合你的。死心眼的人，別再浪費時間好嗎？

Insight

· 因為很重要所以講三次——

　　放下

　　放下

　　再放下。

木村光希的代價

木村拓哉有兩個漂亮的女兒。

有中學生留言，大概意思是說這個世界從來就不公平啊，「木村公主」一出生便享盡榮華富貴，從父母木村拓哉和工藤靜香遺傳了美貌和模特兒身材，在父母響噹噹的名氣下，什麼都不需要做就能獲得別人奮鬥一生都得不到的成果。這位學生說自己的父母出身低下階層，更遺傳了母親又醜又矮的外貌，無論怎樣努力都不可能出人頭地，所以就無謂浪費時間去耕耘這種沒希望的人生了。

不知這位同學是否知道她羨慕的「公主」木村光希，以模特兒身份出道還不到兩年，就被媒體封為「全日本最討厭的女孩」。作為國寶級藝人木村拓哉的次女，光希出道時被封為「最強星二代」，171cm的身高，「神複製」父親的樣貌。我覺得木村光希真是美絕了，不是

一般漂亮的臉蛋，而是氣質非凡，一笑花就跟著開，髮端可以掀起一渦漣漪，這種仙女下凡級數的人物居然會是「全日本最討厭」？這個才17歲的女生到底做錯什麼？

其實她本人並沒有犯錯，藝人公司卻太心急要將這件「商品」sell給全世界，把這個十幾歲的少女弄得濃妝艷抹，一副闊太look去米蘭fashion week，鋪天蓋地上封面，瘋狂接廣告，甚至讓她登上全日本74份報紙的全版廣告，各印著不同的字，必須按編號把74張報紙合起來才能完整讀出木村光希的說話。這種暴發式宣傳手段令網民非常反感，「有錢大曬」的架勢造成了反效果。當她於2018年底在電影頒獎禮獲得「明日之星獎」，輿論爆發了，一個從未演過電影的人竟擊敗一眾演員獲獎，令社會難以接受。捧她的公司顯然很離地，不知現今世代最討厭就是特權份子，聲譽一旦插水就會連樣貌都變得乞人憎，有網民開始批評她醜。短短兩年，由仙女變成醜女，由日本人趨之若鶩的女孩變成全日本最討厭的女孩。

父母的光環既是優勢，也是包袱，贏在起跑線是有代價的啊。

- 曾聽一位自小失明的伯伯說：「每個人都有自己的難處，無需羨慕別人。」我是在工作多年、遇過很多人以後，才明白事情不能單看表面。出於羨慕也好，妒忌也好，總喜歡去深究別人是否真如表面看來那麼快樂，如果發現那快樂是裝出來的就會很心涼，還以為有多風光，跟我還不是一樣！然後覺得自己好無聊，別人真快樂還是假快樂關我鬼事。所以，不要跟別人比較，做好自己——獨一無二的自己。

我不想變成自己
看不起的人

第十一章

職場欺凌

以前「欺凌」這個詞並不怎麼流行，現在回想起來，才發現一些在職場、愛情或生活各方面遭遇過的不愉快事情，也是一種欺凌。常有遇到類似問題的讀者發來 Facebook 私訊問我該如何應對，今天就談談我的職場經歷吧。

剛開始工作時，我曾在一家大機構上班，那兒很流行搞辦公室政治，通常這種環境最常出現欺凌，語言上的羞辱，人身攻擊，若工作表現出眾就會立即被中層管理人投閒置散，及早將你孤立以免被你爬頭。一些四五十歲、消耗了大半生仍力有不逮未獲晉升的，就會自恃年資高而專找新人出氣，將我們祖宗十八代都罵光，有個躁狂大叔甚至抓起桌上的膠盒往一個男生的臉擲去，同時喊：「你這個白癡！」男生蹲下來拾起地上的膠盒子，繼續被罵得頭也抬不起來。為什麼不反抗？因為這是一家許多人做夢都想考進去的大公司，不服從就無法留下來。當時我們剛大學畢業，沒有供樓或養妻活兒的負擔，並不怎麼害怕丟掉飯碗，倒是虛榮心驅使很多人死忍爛忍都要留下來。

那時我其中一項差使就是為十多人買晚飯。很奇怪，明明可以打電話叫外賣送貨，公司偏偏有個「傳統」要年紀最小的新同事親自去將食物捧回來。我一個人步行十分鐘去 canteen，每個人都要一個飯盒、一碗湯和一杯飲料，裝在兩個大紙皮箱裏捧著，太多就分兩次拿。路程有一段在戶外，下雨時會很狼狽。

工作本身難度不高，但那時我就明白，
在一家企業裏生存，最難是裝作平庸
以免招人妒忌，滿足蝗蟲同時
又要保護自己。

這種工作文化並不適合我的個性，在不同機構打了十年工之後，我決定跳出體制，自己僱用自己。

我朋友的公司請了一位剛畢業的年輕人，碰巧有客人來
開會，便請這位同事給客人倒杯茶，年輕人答：「我嚟
返工冇責任幫你斟茶㗎。」勞工合約的確沒有寫我要為
十幾人買飯，但我覺得做多一點也沒有什麼大不了，
無需斤斤計較。這「多一點」並非無盡，底線怎麼畫？
那時為十多人買飯，錢是我代支的，每次總有人側側膊
不付錢。有另一位跟我同樣職位低微的新同事不敢
討回，我卻一定會客氣地提醒欠債還錢，有人吃不成免
費餐就找我出氣：「啲飯凍嘅！」我摸摸飯盒道：「你說
得對啊，那明天還是你自己去買飯吧。」

如果你有看我在 Facebook 的文章，會知道我多年來
得罪人多稱呼人少。一個人要是圓滑再圓滑到完全沒有
原則，連狗都不會尊重你。還是趕快將自己鍛鍊起來
吧，有實力，怕誰？

至於那些「我嚟返工冇責任幫你斟茶㗎」的職場新秀，
我有信心他們正在改變。時代改變了他們，他們改變了
世界。香港的年輕人今非昔比，變得更能吃苦，更有
責任心和同理心，我熱切期待他們為香港開創新時代。

Insight

- 現在回想才知道自己行大運。幸虧上天眷顧，讓我
  事業剛起步就遭到欺凌，才將我鍛鍊成非常能夠
  吃苦，在往後那幾份工遇到任何妖魔鬼怪都覺得濕濕
  碎。開始的時候多吃點苦，往後的路會好走一點。
  因為有過這些經歷，現在我特別能夠體諒同事，別人
  給我拿杯水我都會心存感激，因為我自己是這樣捱出
  來的。吃過苦才會有同理心，有同理心才可以成
  大事。

唔要面
一定可以搵到錢

也許有點叫人難以相信，我雖然開過四十場 talk show 和兩場演唱會，私下的我其實面皮很薄。見過有位「KOL」每凡在公開場合碰到名人就會搶著合照，就算名人顯然不願意仍面懵懵攝位，但從成本效益的角度來看，她這一著是非常成功的，面懵十秒換一張合照和一千個 like，所以我看見名人就馬上往相反方向跑，好騰出空間讓別人留倩影。

很多人出書都會在封面印著「某名人推薦」，對銷情有很大幫助，我卻出了三十多本書也未曾用過這種方法。

> 面皮厚一點肯定能賺多點錢，
> 但我想每個人心中都很清楚——
> 有些錢不是我賺的。

我不喜歡無緣無故受人恩惠。別人之所以成為名人，他(或他的父母)也必然付出過不少努力，即使靠做核突嘢出名的人也花過力氣去做核突嘢，我就無謂去沾別人的光了。

天生唔識撈，加上沒有中六合彩的運氣，我早就對發達死咗條心，安安份份賣文為生。

看過一本關於心理學的書解釋「名人效應」，引述了這件事：有家出版社積存了大量滯銷的書，想出一條速銷妙計——送一本給總統。經出版商百般纏擾，繁忙的總統先生唯有隨口說聲「不錯」以便脫身。出版商大字標題：「這是總統喜歡的書！」瞬間就被搶購一空。沒多久，書商又有貨品滯銷，送給總統。上回被利用，今次總統大人故意奚落：「這本書糟透了。」

書商大喜，刊登廣告：「我們有總統討厭的書出售！」第三次，食過翻尋味。汲取了兩次教訓，今次總統決不回答。書商製作廣告：「現在有總統難以評價的書出售！」群眾按捺不住好奇心趕去瘋狂搶購，又賺一筆。

斷章取義、歪曲事實來謀利的人何其多。但如果那本書寫得不好，人們是不會被同一個作者欺騙第二次的。無論什麼行業，想長久站得住腳，就不能視任何一件工作為「單次買賣」。有沒有尊重你的工作，別人都能看出來啊。

· 與其拉著人家衫尾去渾水摸魚，倒不如用那些渾水摸魚的時間來做好自己。我這種想法是否叫做「離地」？

Decent Man
&
Indecent Man

世上有兩種人—— decent man and indecent man。兩種人都無處不在，滲透到社會每個角落。這段話是著名奧地利醫生、納粹屠殺倖存者Viktor Frankl 說的。

2020 年疫症爆發初期，香港面臨嚴重威脅，全民自救，到處撲口罩。當時外國仍未出現大規模爆發，我聯絡了全球多位讀者，素昧謀面，卻全靠他們的熱心幫助，終於排除萬難在歐洲找到一些口罩給香港人應急。我在分發奧地利口罩的時候，一位來領取的女士說出名字，我因為回覆登記電郵做了兩晚通宵，名字和資料已背得爛熟，馬上憑名字記得她是公立醫院護士。大家都戴著口罩，看不見表情，她的眼神很疲倦，默默接過口罩，輕輕說了一聲「唔該」，轉身離去。

那夜收到她的電郵：

「剛才已到中環取了『最高級別』的外科口罩，好多謝好感動！『最高級別』因為

1. 得到唔相識嘅人幫助
2. 女兒睇到通知我登記
3. (口罩級別是) EN 14683 Typ 11R，在醫院從未見過這個……

剛才不知是否見到你呢？衝動想同戴上外科口罩嘅你拍照留念，在這個疫症艱難時期，求主憐憫，祝願大家都平安健康。」

作為一個人，什麼才是「decent man」？不是 noble，只是 decent 而已，見到有人跌倒會扶起他，行山不會亂丟口罩，不會買十卷廁紙半點不留他人，對醫護人員冒生命危險去救人會心存感激，也不會為了著數去扮狗叫或舐鞋底。

護士在電郵中說「得到不相識的人幫助」，但醫生護士去救人的時候，可又認識那人？

· 請相信我，無論環境如何艱難，一定有 decent people 存在，不相識，也不需要相識。

過不了自己

舊同事來電，聊起兩位舊老闆的去向。第一位外號「黑寡婦」，是個令下屬聞風喪膽的婦人，她會於凌晨三點召下屬回來公司，逐個逐個罵得狗血淋頭，加上為剷除異己心狠手辣，全公司都怕了她。

另一位又如何？老實講，打工這麼多年，我沒有遇過真正稱得上「好」的老闆，可能我運氣不佳，但更可能因為腦細與員工的關係本質上就注定如此，兩邊都永遠覺得自己是吃虧那一方。下屬認為我為公司盡心盡力，人工又低，老闆卻對我的付出視若無睹。腦細則心想我花這麼多錢請你，就這般行行企企每年還有十幾日假，我對你這麼好你卻不知感恩！

講句公道話，以我遇過的上司來說，「權叔」算不錯了。大家在背後稱他權叔，因為他未夠四十歲時已經老老土土，像個大叔。儘管對下屬並非特別好，卻沒有刻意加害，是個平實的人。面對經常出陰招的「黑寡婦」，他也只是閃身避開而已。

結局是權叔不敵黑寡婦，被鬥走了。黑寡婦多年來對總公司的皇上擦鞋送禮，一副笑騎騎的膠臉。她想獨霸權力，便向皇上落藥，權叔卻只一副好男不與女鬥的模樣光是捱打。舊同事報料，權叔被總公司勸告自行辭職，即是炒魷。

有時不是不想做好人，而是其他人太壞，
見你和善，要欺負誰的話第一個就欺負你，
要犧牲誰的話第一個就犧牲你，
量你這麼善良也不會還擊吧；
反而平常張牙舞爪的惡人，
只要有一刻不害人已經被大讚特讚，
也不會有誰敢去加害他。

「人善被人欺」的道理不難明白，但要說將自己變成那種惡形惡相的婆娘，稍為有點家教也還是做不出來，不是心地好壞的問題，而是頂唔順自己咁 cheap，咁核突。不是要對人交代，而是照鏡想嘔，過不了自己。

・做人渣可以不顧廉恥，不守信用，盡情害人，只為自己賺取最大利益。既然做人渣這麼爽，為何我們不去做人渣？答案好簡單──因為我不想變成自己看不起的人。

日光之下無新事

八百多年前有宗街頭騙案，幾好笑。

這件事發生在宋朝紹興年間，有個自稱「鐵牛道士」的人到處乞討，一個鄉紳好奇問：「喂，你這『鐵牛道士』的稱號是怎樣來的？」原來道士有一頭牛，每天能拉出瓜子大小的金糞。鄉紳兩眼發光想買下牠，道士拒絕，失去這頭牛，我這「鐵牛道士」日後如何行走江湖？但見鄉紳這麼有誠意，好啦，就把牛借你一晚吧。

第二天一看，牛果然拉出了金糞，鄉紳心想發達了，纏著道士要買下這頭牛。道士說，哎呀那麼我就勉為其難賣給你吧，你給我一年金糞的錢，這頭牛便永遠屬於你了。鄉紳一聽，有著數啊！立即成交。這時，鄉紳家中有個婢女突然病重，主人怕付殯葬費，第二天便讓婢女的家人以廉價為她贖身。豈料這婢女一走，牛就不再拉金糞了。大家都說是道士買通了這個婢女做手腳，可已經太遲了，騙子早已逃之夭夭。這笨蛋付了一大筆錢，只換來三顆瓜子大小的金粒。

熟口熟面吧？八百年前的街頭騙案跟今天的沒兩樣。

所有謊言，開始的時候總是美好的。但回首一看，就會
發現破綻是多麼明顯，當時只要自己稍為用一用腦，
都能看穿那只是一個毫無新意的圈套。同一個大話，
重複又重複講了八百年居然仍有人信。如果八百年後
尚未世界末日，這條舊橋仍有人受。

人類幾千年來都那麼壞，不意外。
奇就奇在人類無論經過多少年的演化，
仍是那麼蠢。
從男女感情事、街頭騙案到社會大事，
人類從來沒有汲取歷史的教訓。

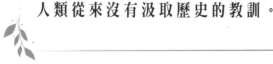

有時我想，或許騙子、惡棍和魔頭也不過是在不同時代
輪迴著相同的角色，就像二千多年前虛偽的法利賽人，
還有「金盆洗手」聲明釘死耶穌「唔關我事」的羅馬
巡撫彼拉多，今日比比皆是。

「日光之下，並無新事。」《聖經》說的。演員換了，還
不是那部老舊的戲。

・ 歷史是不斷的重複。想預知未來，讀歷史就可以了。
在人類史上，因果報應從不缺席，遲早必會發生，
我們只需做好自己，等待那一天的來臨。

日子難過
quality of life
卻在於我

第十二章

真正的優雅

一提到「優雅」這個詞，通常就會聯想到弱質纖纖、溫柔婉約的女人，但我向來認為那只是表面的解讀，真正的「優雅」其實是一種強大的力量。

我想起民國時期兩位風靡上海的金枝玉葉——永安百貨四小姐郭婉瑩和中國第一位留洋西醫之女唐瑛。她們從小學習中西藝術，操流利英語，衣著前衛，而且兩人相貌絕美，活像公主。誰也無法料到，她們竟因為在歷史關口上做了一個不同的決定，結果一個下了地獄，另一個徘徊於人間與天堂。

知道郭婉瑩跟我一樣都叫Daisy的時候，我才第一次感受到這個名字多麼美。再看她的照片，不得了，仙女下凡似的。有些女人也很美，但美得俗，郭婉瑩的高貴氣質卻從眉梢眼角如水般流露。19歲，家族給她安排了門當戶對的婚姻，未婚夫送她美國玻璃絲襪時說：「這襪子真結實，穿一年都不壞。」郭婉瑩心想，我不能跟一個和我談論絲襪結不結實的人做夫妻，她瞧不起沒志氣沒趣味的男人，拒絕了求婚，到燕京大學主修心理學。後來她愛上一個有理想的文化青年，可他一貧如洗，這位千金小姐不理家人反對，婚後出來工作幫補家計，一齊捱。丈夫終於出人頭地，郭婉瑩生了一子一女，又從新過著富裕的生活。

唐瑛的爸爸是上海有錢佬的御用名醫，家裏單是廚師就有四人。英國皇室訪問中國時，唐瑛表演鋼琴和昆曲，

風頭無兩。她嫁入豪門，卻跟丈夫性格不合而離婚。
之後遇上跟她一樣個性開朗好客的 Mr Right 而再婚，
生了五個孩子。

一切都在1949年改寫——共產黨來了。唐瑛逃到香港，
再移民美國。當時的有錢人蜂擁離開，郭婉瑩夫婦卻
認為日本侵華，上海人也照樣過好日子，共產黨更不用
怕了。結果她被抄家，丈夫死在獄中，子女被打壓，
她在勞改時負責倒馬桶。

縱然遭逢巨劫，郭婉瑩晚年的照片仍氣質動人，恬淡
如菊，人如其名。唐瑛在美國兒孫滿堂，安享晚年。
這兩位「上海公主」一生遭遇時代巨變，但即使環境再
艱難，她們都堅持注重儀表，安靜從容，一生精緻。

· 真正的優雅並非有錢女的專利，跟財富沒有關係，
   而是一種態度，一種溫柔的力量，即使在最艱難的時候
   也不會放棄。

生日快樂

寫於 2020 年 4 月

法國朋友的妹妹來訊，說姊姊生日將至，邀請居於世界各地的親朋好友參加網上直播派對。

全球疫情嚴峻，這幾個月生日的壽星仔女都不能像以往那樣外出慶祝，若你剛巧也是其中一位，在這裏跟你說聲生日快樂！可以在家裏過一個寧靜平安的生日是一種福氣。

想想看，天下太平的時候，其實日子也不過是重複返工、去日本旅行、返工、再去日本旅行。瘟疫來襲，每個人的生活突然出現翻天覆地的改變。然而被迫留在家中避免感染，正是好機會去做一些以前想做卻因為太忙而沒有做的事情吧，香港人本來就應該多看書，我收到一百多封讀者的手寫信，我也逐一手寫回信；有媽媽用衣車造裙子給小女兒，也有女兒每天聽年邁的母親說以前從未提過的往事；不知這段日子香港人到底在家焗了多少個蛋糕，煎了多少 pancake，竟令超市的麵粉和酵母一併沽清。上星期突然興致到想吃年糕，致電母親，高人的食材長備家中，兩三下功夫就弄好。我媽連中式點心也會在家裏做，在我整個成長記憶中，從未試過提出「媽我想吃這個」而沒有實現的。

寵出一副饞嘴的我，完全沒有得到母親遺傳烹飪天份。但即使像我這個地獄廚神，也可以在家裏用一些簡單方法提升飲食質素，例如我終於有這份心思由使用咖啡粉改為用咖啡豆了，每朝醒來用手動研磨器將咖啡豆磨成粉，再用幾分鐘時間手沖一杯滴漏咖啡。即磨咖啡豆香味撲鼻，絕不是咖啡粉所能媲美的。塗麵包用的果醬也由在商店買改為自製，沒有防腐劑又可以按個人喜好減糖，新鮮煮的比起在外面買美味得多呢。做起來其實很容易，YouTube 就有數不盡的教學影片，關鍵是你選用的蜂蜜一定要夠香，例如法國百花蜜。

日子難過，quality of life 卻在於我。

· 既然無法改變「必須留在家中避疫」的現實，那就令這段日子變得精緻而有意義吧。

隨遇而安

寫於2020鼠年正月初六

天氣清朗，雖然有點冷，但有陽光的冬日反而令人內心暖和。我抬頭望著蔚藍的天，忽然想起黃子華說的「世界很簡單，人類很複雜」。頭頂的樹葉剛長出鮮嫩的芽，陽光給每片樹葉鑲上銀邊。本來，世界是那麼好。

我以前常寫風花雪月的生活，戀愛，旅行，時裝，有人問我為什麼愛寫這些，大概因為我從小就喜歡讀歷史，知道什麼叫好景不常。以前為著那些港女十宗罪、職場陰招放暗箭等等吵個不休，現在才發現原來可以為這些小事吵架是一種幸福，只是當時不覺得那是「小事」，鬥贏辦公室的八婆才是人生頭等大事，如今面對瘟疫，生死攸關，才明白只要健康，只要依然活著，其他都是小事，任何一種挫敗都可以放低，任何一段已逝的感情都可以放低。讀歷史總是看見「好景不常」，不是太灰了嗎？人腦最美麗的地方是懂得變通，識得換角度。

既然有好景不常，那壞景自然也不常，
我從歷史領悟到的不是好壞，
而是沒有任何一種狀態會永恆，
總是不停改變的。

如果要說什麼生存策略的話，那就是要在順境的時候儲備能量 (包括金錢、經驗和精神力量)，有風駛盡艃是自取滅亡。逆境來臨時，請記住這麼糟糕的日子並不是永久的，壞景不常啊。倒是想說隨遇而安的「安」並非指坐著等上天打救，更不屬於那些口罩賣清光就在店舖搗亂罵店員、或瘋搶多過自己需要的自私精。

「安」之為心安，頂天立地。

Insight

・ 在危難中守望相助，互相支援，每個人存活的機會都會提高。最可怕的其實不是天災，而是人禍。無論環境如何，保存內心的善良，轉機一定會來的。

凡事走過總留痕
刻在眼球琢於心

第十三章

當鐘擺盪向極端

寫於 2020 年 4 月

這些年來，我每天都收到幾百封來自世界各地的讀者來信，以前九成是感情問題，現在人類的「煩惱分佈圖」不同了，有一半來信是不夠口罩向我求助，另一半關於失業、生活和情緒問題，極少是傾訴感情煩惱的。這年頭，連保命都成問題，失戀竟成為奢侈品了。

往日很多人說，王迪詩無病呻吟好討厭。我說，why not？好日子不會永恆，可以笑的時候若不笑個痛快就未免太笨了，因為將來一定有想笑也笑不出的時候，也一定有想哭也哭不出的時候。今天，地球變成了這麼危險的地方，很多讀者跟我說，好驚，好擔心，感覺就像坐上剎車系統失靈的高速列車直往懸崖奔去，我們應該怎麼辦？除了等死，我們還可以做些什麼？

要是我們將眼界拉闊一點，會發現歷史的發展就像鐘擺，由一個極端晃去另一極端，任何事情做得太盡都是災難，會出現戰爭、暴力、病毒，生於鐘擺盪到中間

位置的年代就幸福安穩得多了，你還記得嗎？其實你和我也曾經生活在鐘擺來到中間的美好歲月，可惜那時覺得歲月靜好平常不過，無甚特別，不知自己有多幸運，更別說居安思危了。

我有個饞嘴的朋友，除了香港這個美食天堂就哪裏都住不下去。今天日本菜，明天泰國菜，接著是中法韓意美食巡禮，在香港都可以很方便地一一享受到。因為工作的緣故，她每年年底都要去一次南非，而她總是由年初就開始抱怨，在南非駕車個半鐘才去到一個蚊型商場，那裏只有一間餐廳——家鄉雞。兩星期後回到香港，她在機場狼吞虎嚥那碟叉雞飯時幾乎流下淚來。

原來幸福簡單得很，拿走一些
你本來擁有的東西，然後還給你，
你就會覺得好幸福。

一來一回，你吃的根本就是同一碟叉雞飯，失而復得之後卻沒由來的高興。如果在失去之前就明白這個道理，人類可以省卻多少遺憾？

- 回到那個問題——香港好灰，除了等死，我們還可以做些什麼？做好自己，各人在自己的崗位上發揮作用，同心合力將鐘擺由極端拉回來，令社會重新回到符合道德、法治的正軌，那說不定需要幾代人的努力，自己未必看得到，但後人會看到，如同我們享受過的和平安逸是前人用血淚換來的。

終於輪到
我們打逆境波了

自從在 Patreon 開了新專欄〈蘭開夏道——真港女生活日誌〉，我便開始寄手寫信給一些會員讀者，他們也常寄信給我，大家成了用紙和筆去寫信的「筆友」。讀著這些信，對方活靈活現的很有真實感，跟看 email 完全不一樣。有些讀者已看了我的文章超過十年，最近回信給一位女讀者，也是我想跟大家說的話：

的確就如你所說啊，我現在的文風和題材跟我寫作初期有很大變化，但個性和信念是不會變的。從前和現在，我都不喜歡把事情看得太沉重。

**何必再放大悲情，人生已夠沉重了吧。
我喜歡看成「啊，okay，這樣做
心裏就舒服了，晚上也睡得甜。」
什麼使命呀，夢想呀，聽來好 grand，
其實就這麼單純。**

我常說二十幾歲是女人的「氣質真空期」，既已失去十幾歲的天真，卻也未有三十後的成熟，那是迷茫的年代，信錯，愛錯，傷痕纍纍。分手當日哭得死去活來，現在回想心裏卻暗呼「Yes！好彩當日分咗手！」人生是一次又一次的 trial-and-error。有自省自覺

的人，生活會一日好過一日，這是必然的，因為有腦的人識反省，識反省的話，災難就不是災難，而是暗號，用來解開謎語的暗號，就如電影《日日是好日》所說：世上有能即時明白和不能即時明白兩種道理。

享受了一輩子的歲月靜好，現在終於輪到我們上場打逆境波了。怕嗎？也許因為恐怖的事太多，我心裏反而平靜。跟「麻木」沾不上邊，而是一種務實的、沉著的能耐，正逐漸在我的內心形成。

我們有能力跨過去的。

- 我覺得每個人之所以生於某個時間點、某個地方，都有原因，或許是「被揀選」生於此時此地吧。也不一定稱為「使命感」，因為你可以選擇不去執行這個「使命」，可以選擇做或不做，信或不信。然而我有一個深刻的感受想告訴你 —— 茫茫人海，難得同路。能一起走多遠就盡量走，盡可能享受在一起的時光，哪怕有沙石有紛爭，就是不要遺憾。

性格很重要

朋友的公司請人，選了兩個女生來面試。兩人讀同一所大學，同一個學系，成績相若，A準時，B遲到個幾鐘，居然請了B。

見工遲大到都請？請別誤會，並非鹹濕上司專挑美女，我這位朋友是已婚女性，而兩名求職女生亦顏值相若，遲到那位究竟憑什麼跑出？

「跟她聊起來就是很舒服嘛，遲到當然打了折扣，但她有打電話來告知遇上大塞車，來到後不斷道歉。問她對工作的看法，感覺她很誠懇謙虛，卻又不是那種沒腦袋、口不擇言的人，笑容溫暖、感覺很容易相處，這一點極為重要，因為工作是team work呀。另一個女生雖然準時來到，言談和神態卻充滿負能量的，好像對全世界都不滿意，卻又說不出什麼有用的建議來。技術可以教，經驗可以累積，但態度是教不來的。」

換句話說，就是性格。小時候我不信「性格決定命運」，
技不如人就是技不如人呀。

出來社會做事後，
我才明白什麼叫「自取滅亡」。
成就是自取的，滅亡也是自取的。
就算上天給你機會去回頭，有些人的性格
盲點卻讓他一次又一次錯過懸崖勒馬的機會，
直至錯到無可挽回，但到那個地步
依然不覺得自己錯，
依然推諉過人，賴天賴地。

終於所有親人朋友都放棄他，不是因為大難臨頭
各自飛，而是試過拼了命去勸，不聽。拼了命去幫，
他反過來以為你想謀害他。最後大家心灰意冷，不再對
這人懷有絲毫期望，只想跟他離遠一點，愈遠愈好。

我就親眼見過一個悲劇人物，本來父母草根但自力更生可敬可貴，孩子卻一輩子揮不去自卑感，為了出人頭地不擇手段，性格扭曲到十分可怕，結果眾叛親離，由人生高峰掉落谷底，永不翻身，晚年十分悲慘。但也有很多出身基層的人靠自己努力闖出一片天，生活幸福美滿，因為自己童年也曾捱過窮所以對貧苦大眾更有同理心。同樣的經歷，卻會因為不同性格而創造出不同結局。

・認清自己的性格盲點，克服它。

I Will Protect You

我有一個很好很好的朋友。

相識近十年，他沒有一次保護朋友不是豁出去的。2019年10月一個晚上，我正為一件趕急的工作忙上第二個通宵，隨便滑了一下手機：「曾浩賢已經離開了──」

斷線。

什麼「離開了」？什麼意思？

我感到一陣耳鳴，忽然看不懂中文。幾天前才收到他的voice　message，他還好好的。這一切──到底是什麼意思？

亞賢被發現時已經失去意識，享年44歲。他是因為救了另一個人的命，自己才得到心臟病的。這件事我

詳細寫在《鬼故》裏，亞賢就是我在這本書化名「博士」的人，因為他什麼都懂，是世間罕見的通才，書中詳細記述了他「獲得」陰陽眼的奇遇，也提到他為什麼會得到心臟病。亞賢少年時在加拿大讀書跟朋友踏單車，一輛貨車突然衝過來，他拼命喊叫朋友快逃，朋友卻聽不見。為了救他，亞賢出盡力踏單車過去想將朋友撞開，豈料朋友單車的手柄在混亂中猛烈撞中亞賢胸口，導致他心臟停頓，送院搶救。他昏迷後醒來，就開始見到鬼。

我很難過，萬般不捨，我一輩子都不可能忘記這位朋友。但當我細心回想亞賢所說的那段經歷，就想到或許那次車禍他本來是要離開了，上天卻給他二十年 bonus 壽命加看見靈體的異能，因為這樣，我和一班朋友才有機會認識亞賢，深深被他影響，被他每一刻都熱騰騰的心烘焙著。跟他相處，就像把剛從焗爐跑出來的麵包捧在掌心，那種淡淡的幸福。

那次車禍甦醒後，醫生說他的心臟已遭到永久創傷，無法醫治，無法預計心臟何時會停，壽命也可能不會太長久，亞賢輕描淡寫的，彷彿在說今天早餐吃了火腿通，散步時看見一頭狗。

一位讀者看完《鬼故》後在IG刊出這段讀後感：

「@afewlittlethings 我喜歡看鬼故事，當中不乏標明為真人真事的。大概只有王迪詩講的鬼故，這麼瀟灑，這麼雲淡風輕。開宗名義鬼不可怕，只想敞開心胸接受人死後之各種可能性。」

我很感動。「雲淡風輕」，那不就是亞賢？最有資格後悔的人不後悔，最有理由憂慮的人不憂慮。他Facebook寫著這句：快樂不快樂是一種選擇。

我很感恩寫了《鬼故》這本書，讓我有機會記錄了亞賢對生死的態度，可以啟發和幫助很多人。告訴你吧，這傢伙的朋友多到好恐怖，而且很多都是深交，所有人都喜歡他，依賴他。我每次想約他見面吃飯之前總會猶豫三秒⋯⋯我會不會分薄了他的時間？需要他的朋友太多了。這傻瓜經常工作得熱血沸騰然後忘了出糧，下雨就跑去救流浪貓，香港發生災難，他義無反顧站在香港人的一方。

你想活一場怎樣的人生？跟錢無關，跟學歷無關，是你的價值觀。人遲早都要死一次，無一例外。所以我抓破了頭皮也無法明白，有些人為了那一點點錢，一點點權力或虛榮感，出賣靈魂，滿手鮮血，被子孫引以為恥，明明有得揀，卻偏要揀那些下一秒就可能會消失的東西。今天心臟仍然在跳，明天或許就停頓了。仍在籌謀那些鴻圖大計，下一秒就可能煙消雲散。幾時醒？狗屁權力臭錢不是永恆。我不愛錢嗎？愛。但要叩頭才賺到呢？Bye。值得愛的並不是金錢本身，而是錢給我們的自由。沒有自由，鈔票不過是一堆廢紙，只夠豬買飼料。

亞賢也是《鬼故》的 graphic designer，《長大了才明白的二三事》、《下半生難道就這樣過嗎》還有我最近十多本書，都由亞賢擔任設計師。他最「癲」那次是設計我的愛情金句集《我的愛情》，居然逐頁逐頁在頁邊加圖案，令這本書打橫看時會在頁邊呈現「LOVE」這個字。如此一個心細如微塵、溫暖如晨曦的人。他更是一位出色的舞台劇監製，叫好叫座的 I Sick Leave Tomorrow 正是由他監製，也有份寫劇本。我的 talk show 王迪詩寸嘴講、演唱會，還有數不盡的演講、分享會等等，若不是有亞賢監製或協助，根本不可能完成。我的

抽屜、筆記、手機，翻開來都有亞賢的訊息和手寫字條，他在我的工作和生活的每一個細節裏。我寫文章遭網上欺凌，他總是說：「Stay strong」、「I will protect you」。在亂世中，義氣是光。因為有這一點點光，我們才能在漆黑中堅持下去。

- 在大學讀哲學，第一堂教授寫下這句話：「He who has a why to live can bear almost any how.」尼采的名句。

- 你找到你的why沒有？

叮嚀

看見這些照片,是玩具展吧?要是我告訴你這是一場
追思會,你大概能想像主角是個多麼特別的人。

2019 年 11 月 11 日晚,香港兵荒馬亂,一班好友排除萬難
來到演藝學院參加亞賢的追思會,大家都穿著叮噹
藍白色。走進劇院中央那座一比一「大雄的房間」,一板
一桌精緻得教人吃驚,每處細節都流露著朋友們的愛。

亞賢是個奇才,監製、寫劇本、畫畫、設計、
電腦、marketing 什麼都懂,所以我讓他在我寫的《鬼
故》一書化名「博士」。才 44 歲的他突然離開了,一眾
好友不眠不休,以亞賢最喜愛的漫畫主題創造了這座
裝置藝術,打開大雄的書桌會發現時光隧道,書架上
全是亞賢珍藏的漫畫書和玩具。他是我們的叮噹,大家
都喜歡抱著他又哭又笑,他總是默默地幫人而不讓別人
知道。

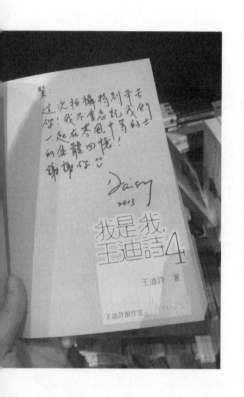

大雄的房間裏有道日式榻榻米拉門，叮噹晚上就睡在裏面。我從小看卡通就對這道門很神往，睡在裏面的被窩一定很舒服吧！拉開它鑽進去就像鑽進樹洞，外面世界的紛爭突然消失了，然後當你回到殘酷的現實，也有叮噹陪著你呢。

我坐在觀眾席遠看舞台中央的「大雄房間」，人們穿梭其中，我忽然醒覺——人生呀，本來就是一台戲。身不由己嗎？可這明明就是你的舞台啊，你是導演也是演員。雖不能控制其他演員怎樣去演，但既然這是你的舞台，當你認為某位演員不合適是可以換人的，何必委屈自己？如何去演你的角色，完全是你的選擇，不用在乎觀眾有沒有鼓掌，就如亞賢瀟脫磊落的一生，他曾在Facebook說過：凡事走過總留痕，刻在眼球琢於心。

後記：

你正在閱讀的這本書，本來的設計師就是亞賢。誰也不會料到，結果他竟然不是設計師，而是成了這本書的最後一篇文章。

也許你會覺得奇怪，為什麼這本名為《活著　就有如果》的書竟會以一個已經沒有呼吸心跳的人做終結？

朋友跟外國人 WhatsApp，外國人講笑：「Hi，難民！」這兩個字像一根針，刺在香港人的靈魂裏。香港人不是移民，而是流亡。從前我們嫌棄越南難民，現在我們自己成了難民；從前我們嘲笑大陸人翻牆，現在我們瘋搶 VPN。很多香港人移民都是為了下一代，不要怪責他們。無論去到哪裏，只要心仍愛著香港，你就會知道今後該如何做一個「人」。

我在 Patreon 做 live，觀眾很沮喪，我就講到鮭魚。這種魚一生中會經歷一次長途旅行——一場只有單程票

的旅行。牠們會游三千公里，由大海游回自己的出生地產卵，途中要逆流上瀑布，也可能被棕熊吃掉，雖已筋疲力盡，卻必須長期不吃不喝來避免因鹹水轉淡水而導致器官衰竭，最終只有小數能安全回到出生地。雌魚耗盡最後一口氣產卵後立即死亡，雄魚會多活一會保護幼兒，不久也會死去，但即使死了使命仍未完結，出生的溪流沒有食物，父母的肉就會成為孩子的食物，幼兒強壯了便游到大海，然後在一生中有這麼一次，耗盡生命的最後一口氣游回出生地產卵，重複父母的軌跡，將生命傳承下去。

係咪戀居？在原地產卵不是簡單得多嗎？為什麼偏要付出這麼多、犧牲這麼大去完成一件事？如果鮭魚識廣東話，會答你「冇咩點解，因為我喺呢度出世」。

無論如何

生 存 下 去

作者：王迪詩
出版：王迪詩創作室

王迪詩
創作室

Design:　　　　　　　MF@mfcreative

Photos (layout):

P.14,25,48,60,68,88,99,107,122,130,142,163,174 Philippova
Anastasia/Shutterstock.com, P.15 Number Five Studio,
P.19,44,49 Vira Mylyan-Monastyrska/Shutterstock.com,
P.22 Suppakrit Boonsat/Shutterstock.com, P.26 Mushakesa/Shutterstock.com,
P.30,85 Andrii Muzyka/Shutterstock.com, P.34,61,123,170 Andreka/Shutterstock.com,
P.40 Andrew Lever/Shutterstock.com, P.56,64 Balazs Kovacs/Shutterstock.com,
P.69 Vasiliy Stepanov/Shutterstock.com, P.73 Mopic/Shutterstock.com,
P.77 Paul/Shutterstock.com, P.82 Jaymantri from Pexels/Shutterstock.com,
P.89 action Warren Goldswain/Shutterstock.com, P.93 STILLFX/Shutterstock.com,
P.100 DavidTB/Shutterstock.com, P.104 Eugene Sergeev/Shutterstock.com,
P.108 Dudarev Mikhail/Shutterstock.com, P.114 Lightspring/Shutterstock.com,
P.118 Galyna Andrushko/Shutterstock.com, P.127 SVLuma/Shutterstock.com,
P.131 Elena Elisseeva/Shutterstock.com, P.134 Blinka/Shutterstock.com,
P.138 Anna-Mari West/Shutterstock.com, P.143 Cranach/Shutterstock.com,
P.148 Nejron Photo/Shutterstock.com, P.152 chalabala/Shutterstock.com,
P.155 Ozerov Alexander/Shutterstock.com, P.159 E. O./Shutterstock.com,
P.164 Dziewul/Shutterstock.com, P.167 Elena Schweitzer/Shutterstock.com,
P.175 Willyam Bradberry/Shutterstock.com, P.179 alvant/Shutterstock.com,
P.182 dotshock/Shutterstock.com, P.186 Gergely Zsolnai/Shutterstock.com

CS International Media Group Limited 於 2020 年 6 月在香港出版

ISBN: 978-988-16262-0-2

做任何事都會有人欣賞，有人批評。
驚，就乜都唔好做。
Don't let other people define you.

人之所以會變得麻木，
是為了保護自己。
起初，心是熱的，
卻因此而吃虧了，受傷了，
於是漸漸將自己抽離，
在周圍築起一道牆。

在職場上，誰沒遇過一兩個人渣？

鞋，不能亂擦。必須擦得窩心，擦得到位，一句說進你的心坎裏，把你勁想講但又不好意思講的話，痛痛快快的說出來。

我有一個夢：指著老闆的鼻子大罵：「@＄X★%！」然後把桌上的文件往天上一拋，拂袖而去⋯⋯只要一次轟轟烈烈地炒老闆魷魚，都算不枉此生。但當我冷靜下來，又覺得可能會抱憾終生⋯⋯

一個精明的老闆，一定會培植多於一個勢力，說得好聽是刺激雙方的良性競爭，說穿了是互助制衡。一方獨大，很容易威脅權力核心。

公司愛用「美人計」討好客人，好處是「零成本」。蝕底的是女職員，又不是公司。

《王迪詩＠蘭開夏道》
28歲女律師日記
「別了，IPO!」、律政鴨、港女
為何嫁不出、在 printer 通頂
的無數夜晚、與 banker 的曖
昧戀情、湊大陸客送 Prada
Gucci……
《律政強人》不會告訴你的律
師真實生活!

王迪詩小說

《我沒忘記 那年的你》
─《蘭開夏道》前傳

茫茫人海，
為何偏偏遇上你？

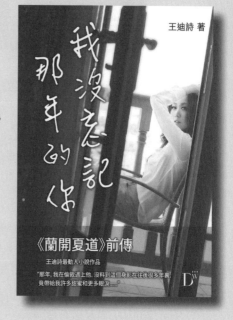

《我是我‧王迪詩》(1-5集)

她的辛辣，為拜金的中環添上黑色幽默。
她的感性，為醜陋的香港添上詩意。

王迪詩時裝扮靚天書

Daisy 與您分享:

- 如何做個有態度的女子?
- 如何mix & match
  創造自我風格?
- 吃什麼可令肌膚發亮?
- 不節食, 不運動,
  兩星期如何減掉7磅?
- 化妝護膚心得
- 最喜愛的時裝網店

做人的風格就靠兩種「氣」——骨氣和勇氣。
一個真正有風格的女人, 無論任何環境都能抬起頭做人。

有智慧的女人根本不需要名牌。她們穿什麼, 那什麼看來就像名牌。

「靚」是一種態度。我喜歡自己, 毋須在意別人的眼光。
化妝扮靚是一種樂趣, 並不為取悅男人。

就算五官不美也可以很有魅力。一個字——真。
虛情假意的人都很醜, 用再多化妝品都沒有救。

每個女人都應該擁有一雙玻璃鞋。
不用天賜, 也毋須王子贈送, 而是憑自己的本事去賺錢買。

世上最悲哀的不是說真話會被打壓，
而是有權暢所欲言，卻不敢說真話。

失戀急救天書

《沒有你，不會死！》

網上訂購

王迪詩
簽名書、絕版書 及
限量版作品

www.daisywong.com.hk